Die drei ???

Die drei ???

und der Höllenzug

erzählt von Cally Stronk und Christian Friedrich

KOSMOS

Umschlagillustration von Silvia Christoph, Berlin
Umschlaggestaltung von eStudio Calamar, Girona, auf der Grundlage der Gestaltung von Aiga Rasch (9. Juli 1941–24. Dezember 2009)

Illustrationen im Buch von Silvia Christoph und Weiß-Freiburg GmbH.

Bildnachweis: Shutterstock.com: Lokomotive / Zug Umschlag ©Emil Timplaru; Autos Umschlag © Tartila; Baustellen-Elemente Umschlag ©Tatsiana Tsyhanova; Baustoff-Stapel Umschlag © MicroOne; Kuhschädel Umschlag © bazzier; Routenzeichen-Symbol Umschlag, S. 147 © Kolonko; gas station Umschlag © Mix3r; Cabrio Umschlag u. S. 97 © zwrx; Münze S. 25, 29, 60, 91, 142, 146 © kavalenkava; Fotorahmen S. 39f © Ensuper; antique roses engraving S. 59 © Mila Petkova; Rote Scheune, Stroh S. 97 © Greenni; Traktor S. 97 © LenLis; Grüne Hecke S. 97 © Vladislav Lyutov; Strohballen, Schweine, Farmer, Bäume, Grasbüschel im Labyrinth S. 97 © Natsavo; Briefumschläge/Papierblätter S. 127 © LiliGraphie; Holzstruktur-Hintergrund S. 127 © Titus Group; Briefmarke S. 127 © Twin Design; Vegetation S. 147 © AriSys; Radio S.16 © PETROO; Hintergründe Briefe S. 59 © siro46; Rotfolie: S. 4, 69, 97, 157-160 © cepera (bearbeitet). Fotolia.com: Hintergründe Briefe S. 28 © maxtor777; S. 116 © Les Cunliffe; S. 92, 117 © sebastian kaulitzki. © freepik.com: Papier S. 125.

Danke an unsere Testleserinnen und Testleser:
Franka, Judith, Lotta, Lucas, Paul, Theo, Zoe

Unser gesamtes lieferbares Programm und viele weitere Informationen zu unseren Büchern, Spielen, Experimentierkästen, Autoren und Aktivitäten findest du unter **kosmos.de**

Rotfolien-Testfeld

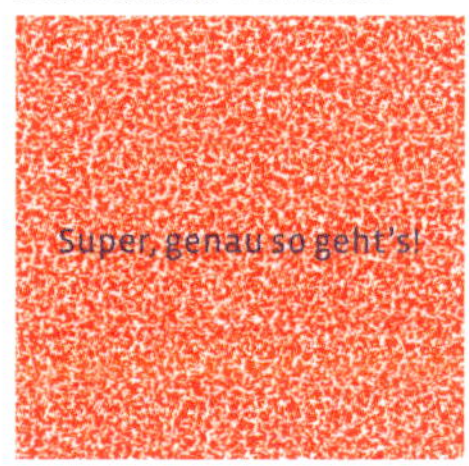

FSC www.fsc.org
MIX
Papier aus verantwortungsvollen Quellen
FSC® C084279

Gedruckt auf chlorfrei gebleichtem Papier

ISBN 978-3-440-16720-5

Text und Rätsel: Cally Stronk und Christian Friedrich
Redaktion: Anne Pagel
Lektorat: Nina Schiefelbein
Produktion: Verena Schmynec
Innenlayout, Satz und Grafik: Weiß-Freiburg GmbH – Grafik und Buchgestaltung
Druck und Bindung: Print Consult GmbH, München
Printed in Slovakia / Imprimé en Slovaquie

Willkommen in Rocky Beach!

Du bist hier in einem besonderen Abenteuer der drei ??? gelandet. Denn in dieser Geschichte gibt es Rätsel, bei denen Justus, Peter und Bob deine Unterstützung benötigen. Meist findest du Hinweise dazu im jeweiligen Kapitel, aber Achtung! Für manche Rätsel musst du das gesamte Buch durchsuchen. Erst nachdem du die jeweilige Aufgabe gelöst hast, erfährst du, wo du weiterlesen darfst.

Zum Lösen brauchst du nichts außer Köpfchen, Stift und Schere. Hinten im Buch findest du zudem eine rote Folie, mit der du in einigen Bildern versteckte Dinge entdecken kannst.

Die gesuchten Lösungen bestehen immer aus Zahlen. Sobald du glaubst, die richtige Zahl gefunden zu haben, überprüfe sie hinten in Bobs Archiv ab Seite 151. Ist die Lösung richtig, wird dort verraten, auf welcher Seite die Geschichte weitergeht.

Falls du Hilfe benötigst, findest du ab Seite 157 Tipps und die Lösungen. Um sie zu lesen, nimm wieder die rote Folie zur Hand. Und jetzt auf ins Abenteuer! Die drei ??? brauchen deine Hilfe, denn ohne dich können sie diesen Fall nicht lösen. Viel Glück!

Inspektor Cotta

Gez. Inspektor Cotta – Polizei Rocky Beach

1. Kapitel – Achtung Achterbahn!

»Da oben steht er!« Justus Jonas, der Erste Detektiv der drei ???, zeigte auf einen alten, mit einer Plane abgedeckten Bahnwaggon, der in einiger Entfernung in der Mittagssonne auf einem Hügel thronte.

Peter Shaw bremste seinen MG und parkte direkt an den stillgelegten Bahngleisen, die hoch zur Anhöhe führten. »Den Rest des Weges müssen wir zu Fuß gehen. Die Straße ist völlig mit Büschen und Kakteen zugewachsen. Ich will nicht, dass mein schönes Auto noch Kratzer bekommt«, sagte er und zog den Autoschlüssel ab. Die drei Detektive waren von Rocky Beach in die Berge der benachbarten Stadt Pasadena gefahren, um für Titus Jonas, Justus' Onkel, Ersatzteile aus dem alten Waggon auszubauen. Peter schnaufte, während sie den Hügel hinaufliefen. »Was das nur wieder werden soll … Sieht aus, als hätte das Ding sich wie ein Gespenst verkleidet. Das ist kein gutes Omen.«

Oben lösten sie gemeinsam die Befestigungen der Plane und zogen sie schließlich mit vereinten Kräften ab.

»Wow«, staunte Bob Andrews. »Dafür, dass der Waggon um die hundert Jahre alt ist, sieht er ja noch richtig gut aus.«

»Tja, aber jetzt wird er leider verschrottet. Ich frage mich nur, warum eine Immobilienfirma dieses abgelegene Grundstück hier überhaupt kaufen will«, überlegte Peter.

Die Metalltreppe an der Waggontür quietschte, als Justus sie betrat und sich an einem Haltegriff hochzog. Er schob die Tür zur Seite und begab sich neugierig in das Innere des Gefährts.
»Mein Onkel hätte am liebsten den kompletten Wagen mitgenommen, aber Tante Mathilda war dagegen, weil unsere räumlichen Kapazitäten an ihre Grenzen gelangen.«
»Räumliche Kapazitäten? Du meinst wohl, ihr habt keinen Platz mehr auf dem Schrottplatz, Erster!« Peter lachte.
Bob grinste kurz, warf dann aber ein: »Dadurch, dass unser Erster auf einem Schrottplatz wohnt, haben wir immerhin schon viele spannende Abenteuer erlebt.«
Justus blickte sich um. »Die Holzbänke und das Steuerpult sind exzellent erhalten. Die Plane hat den Wagen weitestgehend vor Korrosion geschützt.«
»Mach dich lieber nützlich, anstatt uns mal wieder einen Vortrag zu halten! Dein Onkel will nachher die Teile abholen, da sollten wir fertig sein.« Peter war schon dabei, mit einem Schraubenschlüssel eine der Sitzbänke abzumontieren.
»Ja, schon gut. Ihr wisst doch, dass ich lieber mit dem Kopf arbeite als mit den Händen«, verteidigte sich Justus.
»Du kannst mir gleich helfen, diese Bank rauszutragen. Ich muss nur noch die eine Schraube hier lösen.« Peter lockerte weiter die Befestigung, als der Erste Detektiv bereits an der Rückenlehne zog. »Nein, Just, nicht so ziehen. Warte, du brichst noch das Brett ab!«

Im selben Moment krachte es. Justus verlor das Geichgewicht und prallte gegen die Feststellbremse des Waggons.

»Mensch, Just! Ich hab doch gesagt, du sollst noch warten!«, empörte sich Peter. »Jetzt hast du die Bremse verbogen!« Er horchte auf. »Habt ihr auch gerade das Knacken gehört? Hoffentlich hat sich da nicht irgendetwas gelöst!«

»Ja, Peter, wir haben es ebenfalls gehört. Aber du brauchst nicht gleich wieder Angst zu haben. Dieses Gefährt steht bestimmt schon hundert Jahre auf dem Hügel«, versuchte ihn Justus zu beruhigen, da durchfuhr ein dumpfer Ruck den Waggon und es quietschte laut.

»Was ist denn jetzt los?« Peter stürzte zu einem der Fenster. »Leute, ihr werdet's nicht glauben! Das Ding ist gerade losgefahren!« Tatsächlich hatten sich die Räder in Bewegung gesetzt und der Wagen war ins Rollen gekommen. Immer schneller fuhr er den Hügel hinab. »Wir müssen irgendwie anhalten!«, rief der Zweite Detektiv entsetzt. Mit aller Kraft zerrte er an der Bremse. Es knirschte. Und plötzlich knackte es. Peter fiel nach hinten, genau gegen Justus. Den Griff der Bremse hielt er immer noch in der Hand.

»Mensch, Zweiter, jetzt hast du den Hebel komplett abgebrochen!«, rief der Erste Detektiv aufgebracht.

»Hör auf, dich zu beschweren, Just! Wahrscheinlich ist die Bremse schon kaputtgegangen, als du eben mit deinem Hintern dagegengeknallt bist«, versuchte sich Peter zu verteidigen.

»Ach so, jetzt bin ich also schuld?« Justus rümpfte beleidigt die Nase.

»Das ist doch gerade völlig egal«, schaltete Bob sich dazwischen. »Wir müssen den Wagen irgendwie anhalten!« Hektisch blickte er sich um, während das Metall der alten Räder weiter über die verrosteten Gleise rumpelte. Sie hatten schon fast die Stelle erreicht, an der sie vorhin losgelaufen waren.

»Oh nein! Mein Auto!«, rief Peter, doch es war bereits zu spät. Es knallte, als der Waggon eine Ecke des MGs rammte, der zu dicht an den Gleisen parkte. Ein Scheinwerfer zersplitterte. Der Wagen des Zweiten Detektivs wurde mit Wucht nach hinten gestoßen und rollte einige Meter rückwärts, genau gegen einen Felsbrocken. Nun sahen die Karosserie des Sportwagens und das erschrockene Gesicht Peters gleichermaßen zerknautscht aus.

Bob warf seinem Freund einen mitleidigen Blick zu. »Das mit deinem Auto tut mir leid, Zweiter. Aber das ist jetzt ehrlich gesagt unsere kleinste Sorge. Wir rasen nämlich direkt auf den Berg dahinten zu!«

Justus und Peter starrten entsetzt auf die Felswand, die mit zunehmender Geschwindigkeit näher kam.

Peter wurde leichenblass. »Wir müssen von diesem Höllenzug abspringen«, murmelte er vor sich hin. »Wir müssen auf jeden Fall von diesem –«

»Auf *keinen* Fall!«, unterbrach ihn Justus. »Da draußen sind überall riesige Steine. Wenn wir springen, brechen wir uns sämtliche Knochen.«

Doch Peter ging wie ferngesteuert zur seitlichen Tür des Waggons und riss sie auf. Draußen rauschte die felsige Landschaft an ihm vorbei. »Vielleicht haben wir ja Glück und überleben den Absprung. Das ist unsere einzige Chance!«

»NEIN, Zweiter!«, riefen Bob und Justus fast gleichzeitig, griffen ihren Freund an seiner Jacke und zogen ihn zurück. Alle drei stolperten übereinander und fielen gemeinsam auf den Boden des Wagens.

Justus warf seinen Freunden einen resignierten Blick zu. »Jetzt kann es nicht mehr lange dauern bis zum Aufprall. Ich fürchte, das Einzige, was uns noch bleibt, ist: gut festhalten!«

Er und Bob fanden sofort einen Halt. Nur Peter wusste nicht, wonach er greifen sollte. Hektisch suchten seine Augen den vorderen Teil des Waggons ab.

Rätsel 1 – Achtung! Festhalten!

Finde schnell etwas Stabiles für den Zweiten Detektiv zum Festhalten!
Wenn du die Lösungszahl herausgefunden hast, schlage sie in Bobs Archiv ab Seite 151 nach.
Dort erfährst du, wo du weiterlesen darfst.

Türkante links (6589), Türgriff links (1111), Haltestange (5123), Lederriemen (9376), mittlere Banklehne (8632), äußere Banklehne (7981), Griff hinten rechts (7992), Fenstergriff (4369)

»Hier!« Tante Mathilda kam zurück auf die Veranda und hielt den Jungen ihr Handy hin. Gebannt starrten die drei ??? auf das Video. Zunächst wurde der Text ›Video Nr. 4‹ in einer altmodischen Schrift eingeblendet. Ein Mann erschien, der genauso aussah wie der Verkünder im Internet. Mit einer gruselig verzerrten Stimme begann er zu sprechen:

»Sünder, Sünder, höret den Verkünder!
Wer von euch gesündigt hat,
bei dem findet die Strafe statt.
Kein Haus bleibt in den Hügeln stehen,
wer nicht flieht, wird untergehen.
Haltet von Pasadenas Hügeln euch fern,
Gäste mag der Verkünder nicht gern.
Leitet dieses Video weiter,
und alles bleibet für euch heiter,
ihr werdet reich belohnt
und euer Hab und Gut verschont.«

Der Verkünder hob die Arme und das Bild wurde kurz schwarz. In der nächsten Kameraeinstellung sah man ein Haus mit einem silbernen Auto in der Einfahrt. Die Palmen im Garten wiegten sich leicht im Wind und die Sonne schien auf das graue Dach des Hauses.
Plötzlich begann es, in dem Bild zu wackeln. Eine der Palmen

schwankte, als wäre auf einmal ein Sturm aufgezogen. Dann kippte sie vollends zur Seite. Es knirschte, als sie eine weitere Palme mit sich riss und beide Bäume zu Boden stürzten. Unter den Palmen tat sich ein Krater auf, der immer größer wurde und Büsche und Bäume in die Tiefe riss. Die komplette Garage versank im Erdboden. Wie ein hungriger Schlund saugte das Loch alles hinunter, was in der Nähe war. Zuletzt das nagelneue Auto, das eben noch in der Einfahrt gestanden hatte. Als es mit dem Heck zuerst hinabrutschte, spiegelte sich die Abendsonne noch einmal kurz in der glänzenden Lackierung. Dann war es verschwunden. Das Video begann zu flimmern und die Stimme des Verkünders ertönte wieder:

»Dies ist mein Rat – hört ihr nicht drauf,
tut sich die Erde bald unter blauem Dache auf
und die Prophezeiung nimmt weiter
ihren furchtbaren Lauf!«

Mit diesen Worten endete das Video.

»Ach, du meine Güte!«, stammelte Peter. »Hoffentlich passiert das nicht mit unseren Häusern.«

»Das wäre natürlich bedauerlich. Bevor wir uns allerdings Sorgen machen, sollten wir prüfen, ob das Video eine Fälschung ist«, bemerkte Justus.

»Also, für mich wirkte es echt«, sagte Bob und tippte etwas auf der Tastatur des Laptops. »Und auf der Webseite der *Pasadena Morning Post* gibt es dazu ebenfalls schon Meldungen. Schaut mal!«

Justus blickte äußerst nachdenklich, als Tante Mathilda ihm mit einem triumphierenden Gesichtsausdruck das Handy wieder aus der Hand nahm. »So, da habt ihr es! Der Verkünder hat magische Kräfte und ich leite das jetzt lieber weiter, bevor unsere Gebrauchtwarenhandlung auch in diesem Höllenschlund versinkt.«

»Warte, Tante Mathilda, kann ich noch mal eben dein Telefon haben?«, bat der Erste Detektiv kurzerhand.

»Na, meinetwegen.« Sie gab ihrem Neffen das Handy, der schnell etwas darauf tippte.

»So, jetzt habe ich das Video gelöscht. Aber keine Sorge, vorher habe ich die Nachricht zur Dokumentation an Peter, Bob und mich geschickt. Das sind zwar keine zehn Leute, aber immerhin drei.« Justus lachte. »Tante Mathilda, du solltest nicht jedem Kettenbrief aus dem Internet auf den Leim gehen!«

»Also jetzt reicht es aber! Gib mir sofort mein Handy zurück. Wenn der Verkünder uns straft, bist du schuld«, rief Justus' Tante empört. Im selben Moment ertönte ein ohrenbetäubendes Dröhnen. Die Veranda fing an zu wackeln und der Eistee in den Gläsern schwappte hin und her. Tante Mathilda erstarrte. »Es ist so weit! Wir sind nun auch verflucht und rutschen jetzt geradewegs in die Hölle!«

4. Kapitel – Erschüttert

Doch nicht die Erde tat sich auf, sondern es rumpelte ein in die Jahre gekommener Bagger an ihnen vorbei. Auf dem Fahrersitz saß Onkel Titus und winkte fröhlich. Kurz darauf schichtete er mit der Baggerschaufel eine Ladung altes Eisen auf seinen Pick-up.

Alle lachten. Alle, bis auf Tante Mathilda.

»Na, bist du etwa enttäuscht, dass der Verkünder hier nicht den Boden eingerissen hat?«, fragte Justus und grinste.

»Ich bin erschüttert aufgrund deiner bodenlosen Frechheit! Du solltest mal lernen, dich besser zu benehmen, Justus Jonas!« Sie schnappte sich ihr Telefon und verließ wutschnaubend die Veranda.

Bob schaute ihr nach. »Bist du mit dem Löschen des Videos nicht vielleicht etwas zu weit gegangen, Just? Deine Tante ist ganz aufgebracht.«

Der Erste Detektiv grübelte einen Moment. »Ich denke, nicht mein Verhalten, sondern die Videos dieses Verkünders sind eine bodenlose Frechheit. Ich halte sowohl dubiose Kettenmails als auch Prophezeiungen für höchst gefährlich. Da versucht doch jemand, gutgläubige Leute zu verunsichern. Aber in einigen Punkten hat Tante Mathilda recht. Da gab es wirklich einen Erdrutsch und ein Loch im Boden. Wir müssen der Sache auf den Grund gehen. Und wenn wir diesen Kerl gefunden haben, der sich als Finsterer Verkünder aufspielt, wird sich auch Tante Mathilda wieder beruhigen.«

»Gut, und wo fangen wir an zu ermitteln?« Peter tippte nervös auf die Tischkante.

»Wir könnten uns noch mal genauer mit dem Fall des alten Verkünders befassen, mit etwas Glück lassen sich daraus Rückschlüsse auf den heutigen Scharlatan ziehen«, schlug Bob vor.

»Völlig richtig«, stimmte Justus zu. »Außerdem sollten wir uns die alten Baupläne und Akten der Paradise Station anschauen. Da die Los Angeles Metro als heutige Bahngesellschaft noch existiert, müsste dort im Archiv eigentlich alles darüber zu finden sein.« Justus kramte sein Mobiltelefon hervor. »Aber davor fragen wir mal Inspektor Cotta, was er zu der Sache weiß. Er hat doch Verbindungen zur Polizei von Pasadena. Vielleicht haben die schon was zu diesen Verkündervideos rausgefunden. Es gibt ja offenbar schon mehrere, Tante Mathildas wurde als ›Video Nummer 4‹ angezeigt.«

Inspektor Cotta war der Leiter des Police Departments in

Rocky Beach und die drei Detektive hatten ihm schon bei etlichen Fällen geholfen. Leider war das Telefonat mit ihm jedoch bereits nach wenigen Minuten wieder beendet. Enttäuscht steckte Justus sein Handy weg. »Der Inspektor ist aktuell selbst nach Pasadena berufen worden. Er hat allerdings noch keine weiteren Informationen. Die Videos wurden anonym hochgeladen und verbreitet. Wer auch immer dahintersteckt, weiß, wie man Spuren verwischt.«

Peter nickte. »Okay, dann zum Büro der LA Metro nach Pasadena. Aber wehe, einer von euch hat noch Mist am Schuh!«

Kurz darauf saßen die drei ??? in Peters MG.

Justus spielte am Autoradio herum. »Vielleicht gibt es ja einen Radiosender in Pasadena, der über die Ereignisse berichtet.«

Rätsel 5 – Finde den passenden Radiosender

Kannst du irgendwo herausfinden, welche Frequenzzahl zu dem Sender gehört, den Justus sucht?

Es klickte leise und plötzlich drehte sich die Steinplatte mit dem Engel nach innen. Hinter der Öffnung war es dunkel. Peter leuchtete mit seiner Taschenlampe hinein. »Ein Eingang in die Grabstätte! Oh, und sogar gut ausgestattet.« Er bediente einen altmodischen Drehschalter an der Wand. Mehrere Glühbirnen begannen gelblich zu leuchten.

Schnell schlüpften die drei Detektive in das Innere des Mausoleums. Nachdem sie sich vergewissert hatten, dass auch an der Innenseite eine Klinke zum Öffnen der Tür angebracht war, schoben sie die Steinplatte zurück in ihre Ausgangsposition. Dann stiegen sie eine Metallwendeltreppe hinab, die in einer Art Röhre aus Backstein nach unten führte. Schließlich erreichten sie ein unterirdisches Gewölbe, in dem einige Särge nebeneinander aufgereiht waren.

»Das ist die Grabstätte, die Pauline für ihre Mutter gebaut hat. Die anderen Särge sind von den beiden Töchtern und Lucindas Ehemann.« Justus lief durch den Raum und blieb am Ende des Gewölbes stehen. Er öffnete eine unscheinbare Tür und stutzte. »Ich würde sagen, für uns geht es jetzt noch weiter nach unten. Hinter dieser Holztür ist ein Aufzug … Kollegen, das muss der Fahrstuhl sein, von dem Pauline in ihrem Brief geschrieben hat!«

Peter und Bob eilten zu ihm. Der Zweite Detektiv rüttelte ohne Erfolg an der Fahrstuhltür. Dann fiel sein Blick auf ein achteckiges Schloss. »Kein Wunder, dass wir nicht reinkommen. Man braucht einen achteckigen Schlüssel. Mit meinem Dietrich krieg ich das leider nicht auf.«

Bob kratzte sich am Kopf. »Dafür muss Pauline doch auch einen Hinweis gegeben haben.« Er begann, in seinem Handy nach dem Foto von ihrem Brief an Samuel Knight zu suchen.

Währenddessen bewegte Justus sich nachdenklich auf einen Sarg zu, der etwas abseits stand. »Im Grab führt der Violin zum Paradies«, murmelte er dabei.

»Genau das hat Pauline geschrieben«, bestätigte Bob, der das Bild gefunden hatte.

Justus beugte sich zu dem Sarg hinunter.

Peter wollte ihn zurückhalten. »Just, d…d…du willst doch nicht etwa … Das kannst du nicht machen! Da liegt jemand schon seit vielen Jahrzehnten ungestört!«

»Keine Sorge, Zweiter. Hier liegt niemand drin. Auf diesem Sarg ist ein Notenschlüssel abgebildet, ein sogenannter Violinschlüssel. ›Im Grab führt der Violin zum Paradies.‹ Dieser Sarg ist mit Sicherheit leer. Er dient als Truhe, nicht als Ruhestätte für Tote.« Justus griff zum Deckel und öffnete ihn.

Ein unwirklicher Schrei schrillte durch den Raum und etwas Dunkles schnellte aus dem Sarg direkt auf Peter zu. »Ahhh«, schrie der Zweite Detektiv. Er hob die Hände schützend vor sein Gesicht und stolperte ein paar Schritte rückwärts.

»Da ist nur eine Fledermaus rausgeflattert. Sie ist wohl durch diesen Riss im Deckel reingekommen. Der Sarg ist ansonsten wirklich leer«, beruhigte ihn Justus und leuchtete mit seiner Taschenlampe in die Holzkonstruktion. »So, und hier ist auch der Schlüssel, den wir gesucht haben.«

Wenige Sekunden später steckte Bob diesen in das Schloss der Fahrstuhltür. Er passte. »Na dann, auf in die Unterwelt«, sagte der dritte Detektiv. »Obwohl ich zugeben muss: Ein bisschen mulmig ist mir ja schon. Niemand weiß, dass wir hier sind. Was ist, wenn wir stecken bleiben?«

Justus warf einen prüfenden Blick auf den Lift. »Das Ding sieht stabil aus, ist sogar beleuchtet und außerdem ist im Boden der Kabine eine Klappe. Falls wir stecken bleiben, können wir da rausklettern und so in den Fahrstuhlschacht gelangen. Also, alles einsteigen bitte!«

Der Erste Detektiv drückte auf einen Knopf, auf dem ein Pfeil nach unten abgebildet war. Es ruckelte und der uralte Lift setzte sich in Bewegung. Er schien tadellos zu funktionieren, allerdings war der Fahrstuhl sehr langsam.

»Geht das nicht etwas zügiger?« Ungeduldig drückte Peter auf dem Knopf herum. »Ich will so schnell wie möglich wieder aus dieser Blechdose hier raus!« Im selben Moment flackerte das Licht, um wenig später ganz zu erlöschen. Die drei ??? standen in kompletter Finsternis. Sie spürten einen Ruck, als der Aufzug stecken blieb. Und dann wurde es still.

9. Kapitel – Abwärts

Als Justus die Taschenlampe anknipste, sah er gerade noch, wie Peter ausholte und einmal beherzt mit der flachen Hand gegen die Schalttafel des Aufzugs schlug. Es schepperte laut. Der Erste Detektiv schüttelte den Kopf. »Zweiter, rohe Gewalt bringt uns hier nicht weiter. Dahinter steckt zwar veraltete, aber durchaus komplizierte Technik und –«

Im gleichen Augenblick flackerte das Licht und der Aufzug setzte sich wieder in Bewegung. Erleichtert atmete Peter auf. »Tja, Erster, entgegen deinen Vermutungen hat das tadellos geklappt. Mit Technik kenne ich mich eben aus.«

Kurze Zeit später hielt der Lift an. Offenbar hatte er die Station erreicht. Die Tür begann sich quietschend zu öffnen. Nachdem sie bereits einen Spalt offen war, stoppte sie, die Tür schloss sich wieder – und der Lift setzte sich erneut in Bewegung. Nach oben! Erschrocken sahen sich die Jungen an.

»Jemand muss den Fahrstuhl zurückgerufen haben«, sagte Justus. »Und wir müssen davon ausgehen, dass diese Person gefährlich ist.«

Peter unterdrückte die aufkommende Panik. »Okay, ich habe eine Idee! Wenn wir Glück haben, bleibt der Lift wie vorhin noch mal stehen.« Er drückte wieder schnell auf dem Knopf auf der Schalttafel herum. »Wenn das funktioniert, dann klettern wir durch die Klappe unten raus. Taschenlampen an!«

Der Aufzug blieb tatsächlich wieder stehen. Schnell schlüpften zuerst Peter und dann Bob durch die Öffnung am Boden des Lifts. Sie schwangen sich an die Sprossen einer Metallleiter, die von oben bis unten auf der ganzen Länge des Fahrstuhlschachtes angebracht war.
Als Justus als Letzter durch die Luke steigen wollte, blieb er mit seinem Rucksack hängen. »Kollegen, wartet, ich habe hier ein Problem!« Er zog mit einer Hand ungeduldig an dem Rucksack herum. In dem Moment, als er ihn endlich losbekam, setzte sich der Lift abrupt in Bewegung nach oben. Justus wurde davon überrascht und verlor den Halt. Der Erste Detektiv fiel in die bodenlose Leere des Aufzugsschachtes …

Dann stoppte der Sturz urplötzlich. Wie ein Fallschirmspringer hing Justus in den Trägern seines Rucksacks, den Peter zu fassen bekommen hatte. Mit aller Kraft hielt der Sportlichste der drei Detektive seinen Freund fest. Unter größter Anstrengung presste er heraus: »Mach schnell, ich kann dich kaum halten.« Justus strampelte kurz in der Luft, schaffte es dann aber, eine Sprosse der Leiter zu greifen. Peter atmete auf. Sein Gesicht war schmerzverzerrt. »Noch eine Sekunde länger und wir wären beide in die Tiefe gestürzt.«
Der Erste Detektiv wischte sich über das Gesicht. »Danke, Zweiter, du hast mich gerettet!«
»Gern geschehen, und jetzt raus hier.«

Schnell kletterten die drei ??? die Schachtleiter nach unten. Schon hörten sie, wie sich oben die Aufzugtür schloss und der Lift zurück nach unten kam.
»Los, Beeilung!«, zischte Peter. »Wenn der Aufzug uns erwischt, werden wir zerquetscht!«
Sprosse um Sprosse eilten die Detektive den Schacht hinab, während sich der Fahrstuhl näherte.
Kurz darauf hatte Bob etwas gefunden. »Schaut mal, hier ist eine Luke in der Wand. Mist, der Riegel ist ziemlich verrostet!« Hektisch rüttelte Bob an dem Metall.
»Schnell, Leute! Der Lift ist gleich da. Wir müssen hier weg!«, flüsterte Peter. Ihm stand die Angst ins Gesicht geschrieben.
Mit voller Wucht warf sich Bob gegen den rostigen Verschluss der Luke und zum Glück sprang sie auf. Er schwang sich hindurch, Justus war wegen des Rucksacks etwas unbeholfen, konnte sich aber auch hindurchzwängen, weil Peter ihn schob. Schließlich rollte sich auch der Zweite Detektiv durch die Öffnung.
Die drei ??? blickten sich um. Sie waren aus einer Wartungsluke an der Seite des Fahrstuhlschachts ins Freie gestiegen. Im Lichtschein der flackernden Taschenlampe erkannten sie verschiedene Geschäfte.
»Das gibt's doch nicht! Das ist die Paradise-Station-Einkaufspassage«, stellte Bob erstaunt fest.
Zeitgleich kam der Lift neben ihnen an.

»Schnell! Wir müssen uns hier irgendwo verstecken!« Sie verbargen sich hinter einem Verkaufswagen und schalteten ihre Taschenlampen aus. Da öffnete sich schon die Fahrstuhltür. Für einen kurzen Moment spiegelte sich eine Lampe im Inneren des Fahrstuhls und eine Gestalt war zu erkennen. Bob blieb der Mund offen stehen. Es war der Finstere Verkünder! Er trug seinen schwarzen Umhang, die Maske und den Hut. An seinem Gürtel hing eine schwere Pistole. Als er aus dem Fahrstuhl trat, war nichts zu erkennen, bis auf den hellen Schein seiner Lampe, mit der er nun suchend umherleuchtete. Und dann steuerte er direkt auf die drei ??? zu.

Glücklicherweise lief er an dem Versteck der Jungs vorbei und verschwand durch eine Metalltür.

Justus, Peter und Bob atmeten erleichtert aus. Sie wollten dem Mann gerade folgen, da flackerten hunderte Glühbirnen auf und tauchten die Umgebung in ein gelblich schimmerndes Licht. Das Bild, das sich ihnen bot, war beeindruckend. Im warmen Schein der Lampen wirkte die unterirdische Passage wie eine Welt, die darauf wartete, wieder aus ihrem Schlaf zu erwachen. Voll ausgestattete Geschäfte und kleine Restaurants reihten sich in dem Tunnel aneinander. Überall hingen kunstvoll gestaltete Schilder. Der Boden war aufwendig mit einem bunten Kachelmuster gefliest. Marmorsäulen ragten zur Decke empor.

»Wow!« Bob biss sich auf die Zunge.

Auch Peter war überrascht. »Es kommt mir vor, als wären wir mit diesem Lift nicht hundert Meter nach unten gefahren, sondern hundert Jahre in der Zeit zurückgereist.«

Justus nickte zustimmend. »Das Licht hier unten wird vermutlich durch den Stromgenerator erzeugt, dessen Pläne wir in Paulines verstecktem Zimmer gesehen haben. Er funktioniert noch und treibt wahrscheinlich auch den Fahrstuhl an.« Der Erste Detektiv deutete auf die Tür, hinter der der Verkünder verschwunden war. Darüber war auf einem Schild in schmalen bronzefarbenen Lettern »Wasserkraftgenerator Paradise Station« zu lesen.

Plötzlich ging die Tür wieder auf. Die Jungs fuhren zusammen und kauerten sich tiefer hinter den Verkaufsstand.

Der Finstere Verkünder huschte aus dem Hauseingang. Zögerlich blickte er sich um.

»Was hat er vor?«, flüsterte Peter.

Die verkleidete Gestalt ging zu einem Fahrrad, das an einer Wand lehnte. Doch anstatt aufzusteigen, drehte der Verkünder sich bitzschnell zur Seite, genau in die Richtung in der Justus, Peter und Bob versteckt waren. Hatte er sie gesehen?

Unvermittelt griff der Verkünder an seinen Gürtel, wo er die Pistole befestigt hatte.

Dann aber zog der Mann nur seine Hose etwas hoch. Er kratzte sich am Kopf und blickte sich unschlüssig um. Schließlich stieg er auf das Fahrrad und trat zügig in die Pedale.

Peter wollte die Gestalt verfolgen, aber Justus hielt ihn zurück. »Warte. Wenn wir ihm direkt hinterherrennen, wird er uns hören. Wir haben keine Deckung in diesem Gang und er ist bewaffnet. Wir müssen ihn zunächst entkommen lassen.«

Kurz darauf bog der Verkünder in einiger Entfernung in einen Seitengang und verschwand.

»Vielleicht können wir den Kerl irgendwie überraschen und entwaffnen«, überlegte Peter laut. »Aber dazu müssten wir ihn finden. Keine Ahnung, wo er hingefahren ist. Und er kennt sich hier offenbar gut aus, wir nicht.«

»Nun, das lässt sich ändern.« Bob zeigte hinter Peter. Dort stand ein Automat mit der Aufschrift »Paradise Station – Erinnerungsplakat mit komplettem Lageplan«.

Der Zweite Detektiv rüttelte daran. »Ein Lageplan! Das ist genau das, was wir brauchen! Aber das Ding lässt sich nicht öffnen. So wie es aussieht, braucht man hierfür Münzen. Dann erst geht die Klappe auf und man kann ein Plakat rausnehmen! Hat jemand von euch ein paar Münzen dabei?«

Rätsel 13 –

Das nötige Kleingeld

Kannst du den drei ??? helfen, die Karte zu kaufen?

»Gut erkannt, Just! Dieser Brief scheint von Livingstons Tochter Pauline zu sein.« Bob öffnete den Umschlag, zog einen Briefbogen heraus, faltete ihn auseinander und las vor.

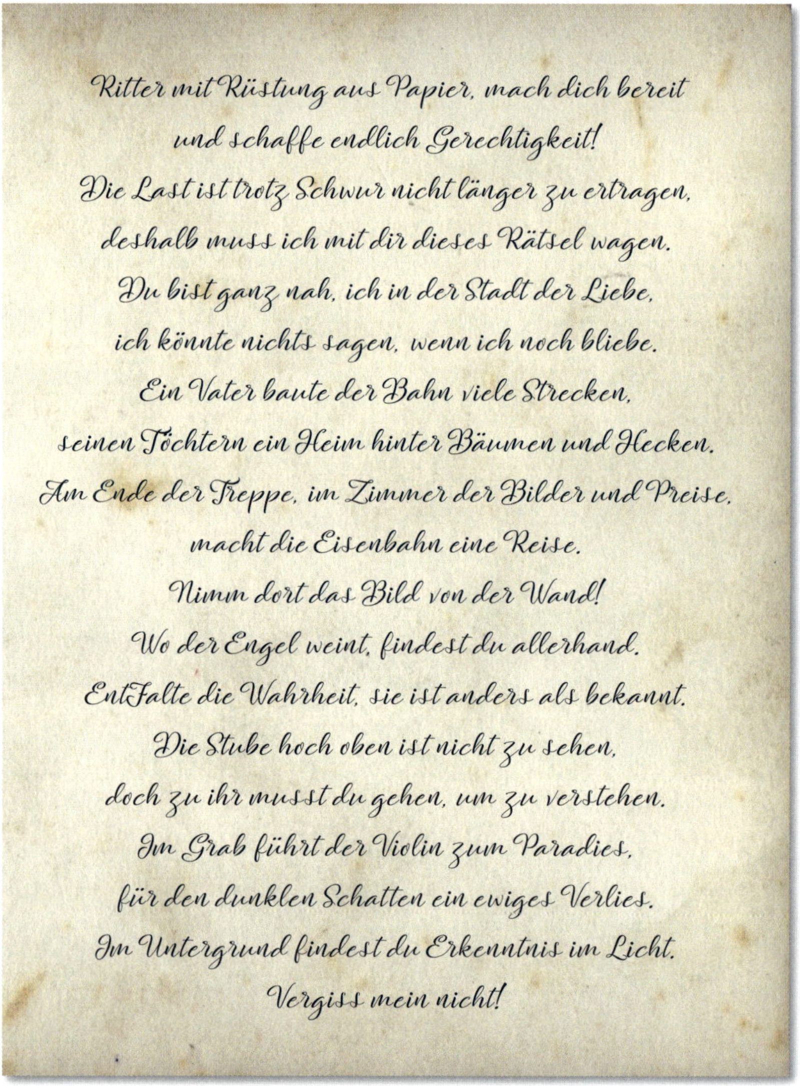

Ritter mit Rüstung aus Papier, mach dich bereit
und schaffe endlich Gerechtigkeit!
Die Last ist trotz Schwur nicht länger zu ertragen,
deshalb muss ich mit dir dieses Rätsel wagen.
Du bist ganz nah, ich in der Stadt der Liebe,
ich könnte nichts sagen, wenn ich noch bliebe.
Ein Vater baute der Bahn viele Strecken,
seinen Töchtern ein Heim hinter Bäumen und Hecken.
Am Ende der Treppe, im Zimmer der Bilder und Preise,
macht die Eisenbahn eine Reise.
Nimm dort das Bild von der Wand!
Wo der Engel weint, findest du allerhand.
EntFalte die Wahrheit, sie ist anders als bekannt.
Die Stube hoch oben ist nicht zu sehen,
doch zu ihr musst du gehen, um zu verstehen.
Im Grab führt der Violin zum Paradies,
für den dunklen Schatten ein ewiges Verlies.
Im Untergrund findest du Erkenntnis im Licht.
Vergiss mein nicht!

Peter runzelte die Stirn. »›Ritter mit Rüstung aus Papier, mach dich bereit und schaffe endlich Gerechtigkeit!‹ – das klingt, als würde sie jemanden bitten, einen Fall aufzuklären.«
Justus nickte aufgeregt. »Ganz genau! ›Ritter mit Rüstung aus Papier‹, damit ist bestimmt der Journalist Samuel Knight gemeint. Pauline hat ihm den Brief möglicherweise geschickt, damit er etwas aufklärt, über das sie zwar etwas wusste, aber nichts sagen durfte. Wie es aussieht, hat er dem Brief jedoch keine Beachtung mehr geschenkt, nachdem der Täter gefasst war. Dann sollten wir das jetzt übernehmen, Kollegen! Was können wir aus den Zeilen herauslesen?«
»Die ›Stadt der Liebe‹ ist Paris, oder? Ob Pauline dorthin ausgewandert ist?«, begann Peter zu überlegen.
»›Der Mann, der Bahnstrecken gebaut hat‹, das hört sich für mich ganz klar nach Lionel Livingston an«, überlegte Bob.
»Ja, das klingt logisch«, stimmte Justus zu. »Da steht, dass er auch ›seinen Töchtern ein Heim‹ baute. Pauline Livingston hatte ja noch eine Schwester. Wir müssen herausfinden, wo die Livingstons gewohnt haben.«
»Aber den Rest verstehe ich nicht! ›Violin‹, was soll das sein?«, fragte Peter.
Justus kratzte sich am Kinn. »Vielleicht wird uns der restliche Inhalt verständlicher, wenn wir uns das Anwesen von Livingston genauer ansehen.«
Als Bob dazu in seinem Handy recherchierte, blieb ihm vor

Überraschung fast der Mund offen stehen. »Freunde, ihr werdet es nicht glauben. Livingstons Anwesen ist die Villa, wo diese Immobilienparty stattfinden soll. Und wisst ihr auch warum? Diese Crystal Coldwell wohnt dort und ist eine Enkelin von ihm!«

»Was?« Auch seine Freunde konnten es kaum glauben.

»Dann sollten wir auf dieser Immobilienparty unbedingt vorbeischauen und uns genauer umsehen«, beschloss Justus. »Stonebridge ist ebenfalls dort eingeladen, da können wir ihm gleich erneut auf den Zahn fühlen.«

Bob überlegte und sah noch mal auf sein Handy. »Die Frage ist nur, wie wir da reinkommen. Hier steht, man muss am Eingang vorweisen können, dass man ein Grundstück in Pasadena hat.«

»Ich glaube, ich habe da eine Idee!« Justus grinste. »Onkel Titus hat mal beim Kartenspielen ein Grundstück gewonnen. Das Stückchen Land hat zwar nur in etwa die Größe einer Telefonzelle, aber es ist in den Hügeln von Pasadena. Damit gehört meine Familie formal zu denen, die dort Grund und Boden haben. Ich werde Onkel Titus gleich mal fragen, wo er die Besitzurkunde hat. Und ich hab auch eine Idee, wer uns zu dieser noblen Party fahren kann. Dein Auto ist gerade ja nicht ganz so vorzeigbar, Peter.« Justus nahm sein Telefon zur Hand und wählte eine Nummer. »Hallo? Ist da die Autovermietung Gelbert? Hier spricht Justus Jonas von den drei ???.«

7. Kapitel – Zu Gast bei Gold Crystal

»So ein schicker Wagen ist dem Anlass doch angemessen«, bemerkte Justus, als er mit Peter und Bob in die Limousine stieg, wo sie herzlich von Morton begrüßt wurden. Vor längerer Zeit hatte Justus ein Preisausschreiben gewonnen: Dreißig Tage hatte den Jungen ein Rolls-Royce samt Chauffeur zur freien Verfügung gestanden. Zu dem Fahrer hatten sie bis heute Kontakt und Morton hatte sich freundlicherweise bereit erklärt, die drei ??? wieder einmal zu fahren.

»Meine Herren, ich muss Ihnen ein Kompliment machen, Sie sind äußerst elegant gekleidet! Wo darf es denn hingehen?«

»Zum Anwesen von Crystal Coldwell in Pasadena«, erklärte der Zweite Detektiv.

»Die Adresse ist mir bekannt, ich habe dort schon häufiger Kunden hingebracht. Sie ist durchaus beeindruckend, diese Villa Coldwell.«

»Morton, kennen Sie die Familie etwa?«, fragte Justus und beugte sich interessiert nach vorne.

»Durchaus. Über die Coldwells kursieren einige Geschichten. Die Villa baute Lionel Livingston, Crystal Coldwells Großvater. Ein schwerreicher Eisenbahnbaron, der letztlich ein tragisches Schicksal erlitt ...« Morton erzählte von dem Zusammensturz der Paradise Station und von der Feindschaft zwischen den Livingstons und den Coldwells, die darum ging, wer wohl das Fortbewegungsmittel der Zukunft schaffen würde. »Die Coldwells als Automobilhersteller fürchteten, Kunden zu verlieren, wenn die Bahn fertiggestellt wäre. Auch privat gab es Probleme: Trotz der Proteste von Livingston verlobte sich seine Tochter Lucinda mit Rick Coldwell und heiratete ihn später. Sie bezog nach dem Tod des Vaters die Villa, während ihre Schwester nach Europa auswanderte. Später übernahm die einzige Nachfahrin der Familie, Crystal Coldwell, den Besitz. Ich kenne ihre Geschichte, da ich ihrem Sohn gelegentlich auf Oldtimertreffen begegne.«

Die Fahrt nach Pasadena verging wie im Flug. Schließlich bremste der Rolls-Royce. Sie standen vor einem verzierten Tor, auf dem das Wappen der Familie Coldwell zu sehen war. Es bestand in der Mitte aus einem großen C in einem Kreis, auf dem eine Krone saß. Darunter kreuzten sich ein Schraubenschlüssel und ein Schwert. Ein Bediensteter warf nur einen kurzen Blick auf die Besitzurkunde für das Grundstück in Pasadena. Dann schaute er anerkennend auf den Rolls-Royce und öffnete das Tor. Sie fuhren eine Allee hinunter, bis schließlich eine prächtige hellblaue Villa vor ihnen auftauchte.

»Sie können uns hier rauslassen, Morton«, sagte Bob.

Justus rückte sich noch einmal seine Fliege zurecht, bevor Morton ihm die Tür öffnete und er aus dem Wagen stieg. Peter und Bob folgten. »Auf Wiedersehen, Morton, und danke für Ihre Hilfe!«, verabschiedeten sich die drei Detektive.

Sie liefen einige Meter in Richtung des Hauses, als eine Gestalt vor ihnen auf den Weg trat.
»Guten Abend, Sir!« Justus erkannte den Mann sofort. Es war Ashton, Crystal Coldwells Sohn. Er hielt eine Kamera in den Händen und fotografierte gerade das Haus.
»Guten Tag, die Herren. Möchten Sie zur Party meiner Mutter?« Ashton warf einen abschätzigen Blick auf den Rucksack, den Justus über der Schulter trug und der im scharfen Kontrast zu seinem schicken Anzug stand.
»Richtig, wir sind eingeladen.« Erneut holte Justus die Besitzurkunde hervor, doch die schien den Sohn der Gastgeberin nicht weiter zu interessieren.
»Eine schöne Fotoplex 200 haben Sie da.« Bob zeigte auf die Kamera in Ashtons Händen. »Ich fotografiere auch.«
Ashton nickte. »Ja, die Fotografie ist ein kleines Hobby von mir. Ich schieße ein paar Bilder für die Webseite unseres Unternehmens.«
»Ein schickes Motiv, das Haus von Ihnen und Ihrer Mutter ist wirklich beeindruckend«, gab Peter anerkennend zu.
»Das ist doch nicht das Haus meiner Mutter! Das ist das Anwesen von Emiliano, ihrem Hund«, erklärte der Sohn. »Die Veranstaltung findet im Haupthaus statt, dort hinter den Pappeln, noch etwa zweihundert Meter diesen Weg entlang. Einen schönen Abend noch!«
Die drei ??? verabschiedeten sich und gingen los. Schon aus der

Ferne hörten sie leise Klaviermusik und fröhliches Lachen. Bob sah die Coldwell-Villa zuerst. Sie war von einem bunten Meer aus Blumen und Lichtern umgeben. Ein prächtiger Springbrunnen sprudelte vor dem Eingang. Wie bei dem Hundehaus ragten an der Hauptvilla zahlreiche Türmchen in den Himmel, die allerdings um ein Vielfaches größer war.
Peter und Bob schwiegen beeindruckt.
»Livingstons altes Anwesen«, sagte Justus nüchtern. »Wollen wir doch mal sehen, ob wir mit Paulines Hinweisen diesen Mauern das Geheimnis der damaligen Ereignisse entlocken können.« Schnell versteckte er seinen Rucksack in einer Hecke, um nicht noch einmal deswegen aufzufallen.
Kurz darauf liefen die Detektive einige Stufen hinauf und betraten durch ein schweres Eichenportal die Eingangshalle der Coldwell-Villa. Der Raum war bestimmt zehn Meter hoch. In der Mitte strahlte ein riesiger Kronleuchter von der Decke herab. Auf beiden Seiten des Saales befanden sich Marmortreppen, die im ersten Stock in einer Empore mündeten, die von einem aufwendigen Messinggeländer begrenzt wurde.
Zahlreiche, elegant gekleidete Gäste, die sich bereits eingefunden hatten, tummelten sich in weiteren prunkvollen Räumen im Erdgeschoss an mit weißen Tischdecken verhüllten Stehtischen. Immer wieder kamen Bedienstete vorbei, die auf Silbertabletts Getränke und Vorspeisen anboten, deren appetitliche Gerüche den Raum erfüllten.

»Hier haben sich die Reichen und Schönen von Pasadena versammelt«, bemerkte Peter, während Justus sich gleich mehrere Schnittchen von einem Tablett nahm.
Bob schüttelte den Kopf. »Eher die, die sich so wie Justus gerne kostenlos den Bauch vollschlagen.«
»Das gehört alles zur Tarnung«, konterte der Erste Detektiv kauend. »Mrs Coldwell soll schließlich nicht merken, dass wir hier ermitteln.«
Im selben Augenblick ertönte hinter ihnen eine raue Frauenstimme. »Na, junger Mann! Ihnen scheinen unsere Speisen ja zu munden.«
Peter und Bob erstarrten, während Justus sich fast an einem Käsehäppchen verschluckte. Als die Jungen sich umdrehten, stand Crystal Coldwell vor ihnen. Sie trug ein goldenes Kleid mit einem Gürtel, der von einer überdimensional großen goldenen Schnalle zusammengehalten wurde. Und eine Haarspange, die wie ein goldenes Krönchen in ihren weißblonden Haaren steckte.
Die Hausherrin musterte die drei Detektive von oben bis unten. »Kenne ich Sie nicht von irgendwoher?«
Peter antwortete, ohne nachzudenken: »Ja, wir sind recht bekannt, wir nennen uns die drei –«
»Die drei Dollarzeichen nennen wir uns«, rettete Justus die Situation. »Wir sind junge, aufstrebende Investoren.«
»Genau, so ist es« Der Zweite Detektiv errötete ein wenig.

»Unser Motto lautet: Wir übernehmen … äh … wir übernehmen jedes Grundstück!«
»Genau. Und zurzeit denken wir darüber nach, unsere großzügigen Ländereien in Pasadena zu verkaufen«, ergänzte Bob, »und den Gewinn anderweitig zu investieren.«
»Hach, so jung und schon Immobilienhändler! Die drei Dollarzeichen, exzellent.« Crystal Coldwell strahlte. »Gerne können Sie den Verkauf Ihres Grundstücks in Pasadena heute abschließen. Sie wissen ja, als Chefin des Unternehmerclubs geht es mir nur um das Wohlergehen meiner Gäste.« Sie griff sich schnell ein Kristallglas mit Champagner vom Tablett einer vorbeilaufenden Kellnerin und nippte daran. Dann fuhr sie fort: »Wir sind so froh, dass die Bank uns unterstützt. Wie groß ist denn das Grundstück, das Sie heute verkaufen wollen?« Sie sah Justus mit einem durchdringenden Blick an.
»Oh, Mrs Coldwell«, versuchte Peter abzulenken. »Auf diesem Bild da an der Wand sehen Sie aber sehr elegant aus. War das auf einem Tanzturnier?«
Offensichtlich fühlte sich die Hausherrin geschmeichelt. »Ja, durchaus, ich sage Ihnen, ich war früher eine gute Tänzerin, ich habe noch zahlreiche Bilder und Pokale aus der Zeit.«
Justus horchte auf. »Bilder und Pokale? Mrs Coldwell, das ist hochinteressant. Kann man diese Trophäen besichtigen?«
»Nun ja, junger Mann, interessieren Sie sich für so etwas wirklich?« Sie beäugte den Ersten Detektiv skeptisch. »Na, dann

kommen Sie mal mit. Ich habe früher sehr gut getanzt, Sie werden staunen!« Crystal Coldwell bahnte sich einen Weg durch die Gäste und ging vor den drei ??? eine der beiden Marmortreppen hinauf. Im oberen Stockwerk öffnete sie zwei große Flügeltüren. »Hier ist mein Zimmer mit all den Erinnerungen aus der guten alten Zeit!« Eine Seite des Raumes war gefüllt mit Regalen, auf denen Pokale und andere Erinnerungsstücke ausgestellt waren. Gegenüber gab es eine Vitrine, über der alte, gerahmte Fotos hingen. In einer Ecke stand ein verzierter Eichenschrank, die Wand daneben war mit einer handbemalten Tapete geschmückt, die eine Eisenbahnstrecke zeigte. Mrs Coldwell nahm eine kleine Schatulle in die Hand und klappte den Deckel hoch. Es ertönte eine Spieluhr. Zu einer lieblichen Melodie drehte sich eine Balletttänzerin aus Porzellan. Es schien, als würde die Ballerina sich bei jeder Umdrehung im Spiegel an der Innenseite des Deckels selbst kontrollieren. »Das hat meiner Mutter Lucinda Coldwell gehört. Genauso wie diese Goldkette.« Sie griff an ihren Hals und zeigte den Jungs einen Anhänger, der die Form eines Löwenkopfes hatte. »Die hat sie schon von ihrem Vater bekommen.« Mrs Coldwell blickte wehmütig. »Ach herrje, ich rede zu viel.«
»Nein, keineswegs, das ist alles sehr interessant.« Bob lief weiter an der Vitrine entlang. »Und diese ganzen Bilder und Pokale, die sind alle von Ihnen?«
»Die Sachen in der Vitrine sind von meinem Großvater Lio-

nel und meiner Tante Pauline. Mein Großvater starb, bevor ich geboren wurde, und meine Tante ist als junge Frau nach Frankreich ausgewandert, ich habe sie nie kennengelernt.« Sie klatschte in die Hände. »Damit endet erst mal meine kleine Schlossführung. Entschuldigen Sie mich bitte, meine Herren, ich muss mich auch um meine anderen Gäste kümmern. Schauen Sie sich gerne noch ein wenig um. Ich schicke Ihnen gleich meinen Sohn Ashton hoch, er würde sich sonst ohnehin nur am Buffet vollfressen. Er wird Sie zurück in den Speisesaal geleiten. Ich freue mich, Sie dort wiederzusehen. Schließlich lege ich höchsten Wert auf Ihr Grundst … äh, auf Ihre Anwesenheit.« Mit diesen Worten drehte sie sich um und ging schnellen Schrittes die Treppe hinunter.
»Okay. Peter, Bob, wir sollten uns zügig umsehen, bevor Ashton auftaucht. Wir sind hier auf jeden Fall richtig. ›Am Ende der Treppe, im Zimmer der Bilder und Preise‹, heißt es in dem Brief. Das passt genau auf diesen Raum.«
»Seht mal, das auf dem Foto ist doch Lionel Livingston, oder?« Peter ging näher an einige Bilder heran.
Justus trat zu ihm. »Laut Bildunterschrift ist er das mit seiner Frau Eve und den Töchtern Lucinda und Pauline. Sie stehen vor einem altmodischen Auto und lachen.« Justus betrachtete das Auto näher, während Peter sich die Personen anschaute.
»Auf dem Foto sieht Livingston ganz freundlich aus. Eine nette Familie, so scheint es«, bemerkte der Zweite Detektiv. Dann

fiel ihm etwas auf. »Das Foto hat leichte Abdrücke von einem Stift oder so! Da hat etwas von hinten durchgedrückt.«

»Gut beobachtet, Zweiter! Und im Brief von Pauline steht ja: ›Nimm das Bild von der Wand‹«, freute sich Justus, während Peter den Bilderrahmen bereits abhängte. Er öffnete den Rahmen, und tatsächlich: Es war etwas auf die Rückseite des Fotos geschrieben. Der Zweite Detektiv las laut vor.

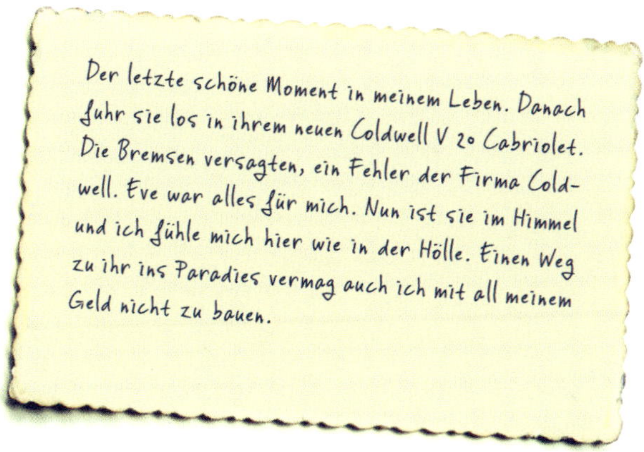
Der letzte schöne Moment in meinem Leben. Danach
fuhr sie los in ihrem neuen Coldwell V 20 Cabriolet.
Die Bremsen versagten, ein Fehler der Firma Cold-
well. Eve war alles für mich. Nun ist sie im Himmel
und ich fühle mich hier wie in der Hölle. Einen Weg
zu ihr ins Paradies vermag auch ich mit all meinem
Geld nicht zu bauen.

Peter schluckte. »Ein tragisches Schicksal! Ob bei den anderen Fotos auch etwas auf der Rückseite steht?« Er griff nach einem weiteren Rahmen und nahm ihn von der Wand. Dabei bemerkte keiner der Jungen, dass ein Zettel auf den Boden fiel.

Peter, Justus und Bob betrachteten das Foto, das der Zweite Detektiv in den Händen hielt.

»Hier sieht man Livingston mit seinen Töchtern am Grab seiner Frau. Wow, das sieht aus wie ein Tempel. Und schaut mal, der große Engel aus Marmor«, staunte Peter.

Justus stutzte. »Ein Engel? Einen Moment mal … ›Wo der Engel weint‹ … Peter, schau da auch mal auf die Rückseite!«

Peter nahm den Rahmen auseinander. »Ja, Just, auch hier steht was hintendrauf!«

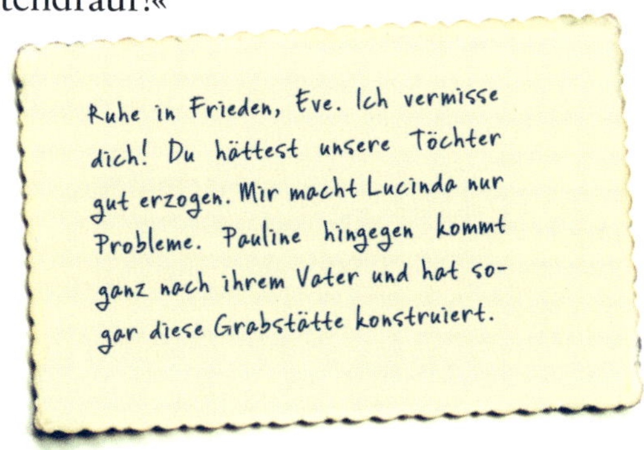

Ruhe in Frieden, Eve. Ich vermisse dich! Du hättest unsere Töchter gut erzogen. Mir macht Lucinda nur Probleme. Pauline hingegen kommt ganz nach ihrem Vater und hat sogar diese Grabstätte konstruiert.

Peter schüttelte den Kopf. »Hmmm, enthält das eine geheime Botschaft? Ich kann da nichts rauslesen.«

Während dessen entdeckte Bob den Zettel auf dem Boden, hob ihn gedankenverloren auf und drehte ihn um.

»Was ist das denn? Seht euch das mal an!« Der dritte Detektiv hielt seinen Freunden das Papier hin.
»Das ist bestimmt wieder ein Hinweis von Pauline Livingston!«, rief Justus fasziniert aus.
Auch Peter warf einen kurzen Blick auf den Zettel. »Leute, ich glaube, wir sollten in den Garten gehen.«
»Das sollten wir später unbedingt tun, aber ich glaube, zunächst ist das nicht das, was Pauline uns sagen will, Zweiter. Schau mal diese Linien hier an! Und sie schrieb doch auch: ›EntFalte die Wahrheit!‹ Mit einem großen ›F‹ mitten im Wort.«

Rätsel 9 – Das kannst du knicken!

Findest du heraus, welche Geheimbotschaft in dem Zettel auf der Seite links steckt? Was meint Justus damit, dass Peter sich die Linien anschauen soll?

Als die drei Detektive nach ihrer wilden Flucht vor Billybob und Willybob Peters MG erreichten, waren sie erleichtert und frustriert zugleich. Das Auto sah nicht gut aus. Es hatte einen kaputten Scheinwerfer und allerlei Beulen. Gemeinsam bogen sie den ramponierten Kotflügel, so gut es ging, gerade. Dann stiegen sie mit notdürftig vom Mist gereinigten Klamotten ein.

»Hoffentlich fährt er noch!«, betete Peter, während er den Zündschlüssel umdrehte. Zum Glück ertönte das vertraute Brummen des Motors. Der Zweite Detektiv seufzte. »Wenigstens etwas … Ich kann es immer noch nicht glauben, mein schönes Auto! Na ja, immerhin kommen wir damit wieder nach Hause.« Zerknirscht lenkte er seinen Wagen auf die Straße Richtung Rocky Beach.

3. Kapitel – Eine finstere Verkündung

»Da kommst du ja endlich«, freute sich der Erste Detektiv am nächsten Tag, als Peter die Veranda betrat, auf der es sich Justus und Bob mit einem Laptop und einer Kanne von Tante Mathildas Eistee gemütlich gemacht hatten. »Bob und ich dachten schon, du bist noch mal zur Farm zurückgefahren und besuchst das nette Ferkel!«

»Gute Idee. Zumindest war das Schweinchen in einem Punkt sympathischer als du: Es quatscht einen nicht ständig mit schlauen Sprüchen voll.« Der Zweite Detektiv warf grinsend einen Blick zu Bob, der auch schmunzeln musste, dann sprach er weiter: »Na ja, glücklicherweise bin ich gestern nach einer ausgiebigen Dusche zu Hause den Mistgeruch wieder losgeworden. Im Gegensatz zu meinem Auto, das immer noch stinkt und außerdem dringend in die Werkstatt muss. Allerdings konnte ich die Scheinwerfer erst mal notdürftig mit Klebeband befestigen.« Peter setzte sich auf einen der Stühle und blickte seine Freunde fragend an. »Und? Irgendwelche Neuigkeiten?«

»Bob recherchiert gerade«, sagte Justus. »Wir sollten uns fragen: Warum existiert dieser alte Tunnel mit Bahnstation, wird aber nicht genutzt? Was hat es damit auf sich? Ich weiß, dass es früher hin und wieder aufgegebene U-Bahn-Projekte gab. Bei unserem Fall mit dem unheimlichen Drachen haben wir ja schon mal so einen Tunnel entdeckt.«

»Stimmt genau, Just!«, warf Bob ein, der ein Pflaster über einer Wunde auf seiner Stirn hatte. »Es handelt sich bei der Sache tatsächlich um ein aufgegebenes Bahnprojekt.« Er drehte den Laptop so, dass alle einen Blick auf den Bildschirm werfen konnten. »Da steht, es gab in Pasadena vor etwa hundert Jahren ein solches Bauvorhaben. Das Ganze war sogar eine richtig große Angelegenheit. Die damalige U-Bahn-Gesellschaft ›Pasadena Electric Paradise Cooperation‹ hat angefangen, einige U-Bahn-Strecken und Haltestellen zu bauen, die dann aber nie fertiggestellt worden sind. Nur eine wurde errichtet, die ›Paradise Station‹. Das ist die Station, durch die wir gestern durchgerauscht sind. Damals versprach Lionel Livingston, der Boss der Firma: ›Wir werden ein unterirdisches Paradies schaffen!‹«

»Aber warum ist die Station geschlossen?«, grübelte der Zweite Detektiv. »Es sah ja sogar fast so aus, als wäre sie nie eröffnet worden.«

»Dazu habe ich auch etwas gefunden.« Bob klickte eine andere Webseite an. »Es gab ein großes Unglück. Ein Teil der Paradise Station ist ausgerechnet am Tag ihrer Eröffnung zusammengebrochen. Dabei sind einige Menschen verschüttet worden. Unter ihnen soll auch tragischerweise Lionel Livingston, der Erbauer selbst, gewesen sein. Schaut mal! Hier ist seine Todesanzeige.«

Wir nehmen Abschied von unserem geliebten Vater

Lionel Livingston

So unerwartet begraben von seinem eigenen Traum.
Mögest du in Frieden ruhen!

Deine Töchter

Pauline A. Livingston | *Lucinda C. Livingston*

Pauline A. Livingston | **Lucinda C. Livingston**

»Was war die Ursache für den Einsturz?«, hakte Justus nach.

»Manche vermuteten, die Station sei nicht stabil genug abgestützt gewesen, es gab aber auch Gerüchte über eine Sprengung. Vor dem Zusammenbruch hat sich so ein Kerl mehrfach illegal auf der Frequenz des örtlichen Radiosenders eingeklinkt und mit einer geisterhaften Stimme merkwürdige Gedichte von sich gegeben. Er behauptete, dass die U-Bahn Teufelszeug sei, und prophezeite, dass die Station in Pasadena wegen der vielen Sünden der Menschen bei der Eröffnung einstürzen würde. Und so ist es dann auch gekommen. Er soll vorher sogar ein paarmal als echte Gestalt in Pasadena erschienen sein und dort seine schaurigen Drohungen verkündet haben. Hier ist übrigens ein Foto von dem Typen!«

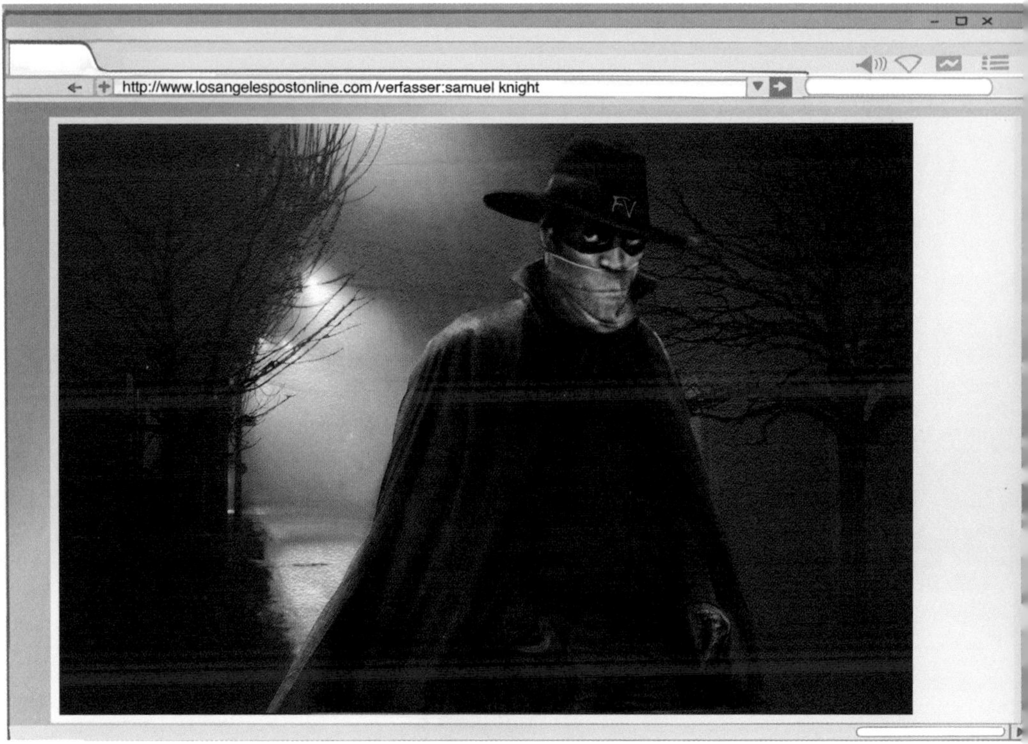

Auf dem Monitor war das Bild einer vermummten Gestalt mit Umhang, Augenmaske und Tuch vor dem Mund zu sehen. Auf ihrem Schlapphut waren die Buchstaben ›FV‹ eingestickt. »Er nannte sich der ›Finstere Verkünder‹. Viele Menschen glaubten nach dem Zusammenbruch der Station tatsächlich, der Kerl hätte magische Fähigkeiten«, fuhr Bob fort.

Justus hatte eine Weile interessiert zugehört und musste nun schmunzeln. »Das war sicherlich alles Schwindel. Auf mich wirkt die Geschichte rund um den Verkünder einfach nur reichlich albern.«

Peter beugte sich vor. »Na ja, ein bisschen gruselig sieht der Kerl aber doch aus. So einem will ich lieber nicht im Dunkeln begegnen.«

»Zweiter, du findest wahrscheinlich auch die Arbeitskleidung eines Briefträgers unheimlich«, sagte Justus lachend, während Bob sich weiter durch das Internet klickte.

Plötzlich hielt der dritte Detektiv inne. »Ach, das ist ja mal eine gute Nachricht! Am Ende hat man den Scharlatan schließlich sogar gefasst. Hinter der Maske verbarg sich ein Arbeiter der U-Bahn-Gesellschaft namens Clifford Miller. Er war wütend auf seinen geizigen und ungerechten Boss Lionel Livingston gewesen und hatte deshalb eine Gewerkschaft gegründet, die sein Chef aber nie offiziell anerkannte. Stattdessen wurde Mr Miller gefeuert.«

»Hey, Bob, was meinst du? Vielleicht sollten wir angesichts unseres oberschlauen Chefs auch mal eine Gewerkschaft gründen«, bemerkte Peter.

»Diese Bemerkung ignoriere ich geflissentlich, Zweiter. Und da ich ja im Gegensatz zu Livingston ein guter Chef bin, werde ich dich nicht feuern. Dir, Bob, danke ich, du hast mal wieder erstklassig recherchiert«, lobte Justus.

Tante Mathilda betrat die Veranda. »Hier, Jungs, ich hab euch noch etwas Eistee gemacht.«

»Danke, diese Erfrischung kommt genau richtig.« Der Erste Detektiv schenkte sich sofort ein Glas ein und trank es in einem Zug leer.
Währenddessen warf seine Tante einen Blick auf Bobs Laptop. »Ach, was schaut ihr euch denn da auf dem Bildschirm an? Die alte Paradise Station? Davon hat man uns erzählt, als wir Kinder waren. Hätten die damals mal besser auf den Verkünder gehört. Dann wäre vielleicht nicht dieses schreckliche Unglück geschehen …«
»Du kennst die Geschichte?« Justus sah überrascht auf.
»Na sicher! Das war für uns hier in der Gegend so was wie der Untergang der Titanic oder der Absturz des Luftschiffes Hindenburg. Als Kind wusste ich nicht so recht, was ich davon halten sollte, aber mittlerweile bin ich mir sicher, dass die Geschichte …« Sie machte eine kurze Pause und kräuselte nachdenklich ihre Lippen. Dann fuhr sie fort: »Ich bin mir sicher, dass die Geschichte stimmt und dass der Verkünder magische Kräfte hat. Er kann die Zukunft voraussehen und die Erde beben lassen.«
Justus widersprach sofort: »Aber Tante Mathilda, du weißt doch, wir drei ??? haben für alle mysteriösen Vorfälle bisher immer vernünftige Erklärungen gefunden.« Er deutete auf das Bild des Verkünders. »Augenscheinlich war das ein verkleideter Betrüger. Er wurde sogar von der Polizei überführt und verhaftet.«

»Justus Jonas, lass deine Tante gefälligst ausreden! Ich war doch noch gar nicht fertig. Ich glaube fest an die Magie des Verkünders – weil er gerade jetzt wieder in den Bergen von Pasadena aufgetaucht ist und neue Unglücke vorhersagt.«
Peter verschluckte sich fast an seinem Eistee. Fassungslos starrten die drei Jungs Tante Mathilda an.
»Was, diesen Spinner in Hut und Mantel gibt es immer noch?«, rief Peter aufgebracht.
Tante Mathilda nickte bestimmt. »Ja, allein, dass er so alt ist, grenzt an ein Wunder. Er müsste ja jetzt schon weit über hundert sein.« Sie wurde immer energischer. »Und ich habe ihn sogar selbst gesehen!«
Der Erste Detektiv blickte seine Tante mit großen Augen an. »Oh, wo denn?«
»Im Internet, ich habe ihn selbst im Internet gesehen. Also muss es doch stimmen!«
Justus verdrehte die Augen. »Tante Mathilda, nur weil du etwas im Internet gesehen hast, bedeutet es nicht, dass es wirklich stimmt! Es gibt dort viele Möglichkeiten der Falschbehauptung und Bildmanipulation.«
»Na, dann schau doch selbst, du neunmalkluger Neffe!« Tante Mathilda zog ihr Handy aus ihrer Schürze. »Hier ist der Beweis! Eine Freundin hat mir ein Video des Finsteren Verkünders gesendet. Ich soll es an zehn Bekannte schicken, sonst verflucht er womöglich auch unser Grundstück!« Sie tippte

auf ihr Handydisplay. »Ach herrje, jetzt hab ich doch glatt in der Aufregung meinen neuen PIN-Code vergessen. Moment, ich habe mir extra am Kühlschrank einen Hinweis dazu hinterlassen.« Sie verschwand in der Küche.
Nachdenklich blickten die drei Detektive ihr hinterher.

Rätsel 4 – Der PIN-Code von Tante Mathildas Handy

Die drei Detektive wollen sich natürlich das Video ansehen. Kannst du Tante Mathilda dabei helfen, sich an ihren PIN-Code zu erinnern? Wirf doch mal einen Blick auf ihren Kühlschrank!

Happy Birthday
ROCKY BEACH
SALE
50%
W+Ba+(Bu:Z)·E
Nancy Wilder
Wahrsagerin
(001)41565932
Kirschkuchen
125 g Butter
125 g Zucker
3 Eier
1 Prise Salz
200 g Weizenmehl
2 TL Backpulver
2-4 EL Milch
1 Glas Kirschen ohne Steine
(ca. 350 g Abtropfgewich
etwas Puderzucker
Butter
Milch, Eier
Mehl
Gurken 2x
Brot. Salz
Zwiebeln
Zucker
Senf
SOCCER
EINTRITTSKARTE
TICKET

Nachdem die drei Detektive die Unterlagen kopiert und in eine leere Mappe von Mrs Turner geheftet hatten, brachten sie den Originalordner wieder in Stonebridges Büro.
Auf dem Weg zurück ins Foyer berieten sie sich.
»Laut der Unterlagen sind die Einstürze mehrmals in der Nähe der Baustellen der LA Metro aufgetreten«, sagte Bob. »Könnte Stonebridge was damit zu tun haben? Aber warum sollte er sich dann selbst Verkündervideos schicken und auch noch versuchen, das geheim zu halten?«
Peter wiegte den Kopf. »Vielleicht ist das Teil seiner Strategie. Er tut öffentlich so, als wäre er gegen den Verkünder. Dabei ist er es selbst. Besonders hilfsbereit war er jedenfalls nicht. Im Gegenteil, er verhält sich ziemlich verdächtig. Die Sache wäre ja die perfekte Ausrede für ihn, warum sein Unternehmen Geldprobleme hat. Außerdem hat er bezüglich der Paradise Station gelogen.«
»Kollegen! Es liegt durchaus im Rahmen des Möglichen, dass Mr Stonebridge mit seinen Baustellenfahrzeugen aus dem Untergrund heraus die Häuser zum Versinken gebracht hat und nebenbei als Verkünder auftritt«, überlegte Justus. »Passenderweise kann er sich dazu als Opfer des Verkünders darstellen und bekommt deswegen Hilfskredite für sein ohnehin angeschlagenes Unternehmen. Aber dafür haben wir bisher noch keine konkreten Beweise.«
Im selben Moment betrat Mr Stonebridge das Foyer durch die Eingangstür.

»Wenn man vom Teufel spricht«, schnaubte Peter. »Sollen wir uns verstecken?«
Doch bevor die drei Detektive reagieren konnten, klirrte es. Eins der großen Fenster zersprang in viele kleine Teile. Sofort gingen die Jungen hinter ein paar Sesseln in Deckung.
Peter war der Erste, der sich hervorwagte, als es wieder ruhig war. Ganz in der Nähe lag ein Stein auf dem Boden, um den ein Papier gebunden war. Vorsichtig hob er ihn auf. »Na, dann schauen wir uns die Wurfpost mal an.«
Auch Justus und Bob kamen aus ihren Verstecken und betrachteten das Papierstück.
Mr Stonebridge, der sich hinter einem Kaffeeautomaten in Sicherheit gebracht hatte, mischte sich ein. »Was war das? Habt ihr etwas damit zu tun? Das sähe euch sehr ähnlich, als angebliche Detektive hier Unruhe zu stiften«, schimpfte er. »Wieso seid ihr überhaupt noch im Haus?«
Keiner der drei ??? antwortete. Alle blickten auf den Brief.
»»Du hast den Finsteren Ferkünder einen Spinner genannt. Nimm dies!«, las Justus. Dann lächelte er. »Mit ziemlicher Sicherheit können wir feststellen, dass diesen Brief nicht der Verkünder geschrieben hat. Hier steht nämlich ›Ferkünder‹ mit F. Auf dessen Hut in den Videos standen aber die Initialen ›FV‹ – er selbst weiß also, wie man es richtig schreibt.« Justus wandte sich an Mr Stonebridge. »Bei dem Absender scheint es sich um jemanden zu handeln, der Ihre Aussagen im Radio

nicht gut fand. Möglicherweise jemand, der an den Verkünder glaubt.«

Im selben Moment grölte es von draußen: »Hör auf, den Verkünder zu verhöhnen!«, und ein weiterer Stein wurde ins Foyer geworfen. Er flog zum Glück nur gegen einen Sessel. Schnell sahen sie aus dem Fenster.

»Ich sehe den Täter, er flüchtet! Den schnappe ich mir«, rief Peter. Er rannte durch den Raum, sprang über die Reste der zerstörten Scheibe und lief auf den Parkplatz hinaus.

Der Erste Detektiv schaute ihm nach. »Ich nehme lieber die Tür. Auf Wiedersehen, Mr Stonebridge!«, rief er, als er und Bob aus dem Foyer stürmten.

Der Geschäftsführer der Los Angeles Metro blickte ihnen verdattert hinterher.

Draußen konnten die beiden Jungen gerade noch beobachten, wie eine vermummte Gestalt in einen grauen Pick-up einstieg. Fast zeitgleich sprang Peter in sein Auto und setzte zurück, um die Ausfahrt zur Straße zu blockieren. Doch der Pick-up fuhr mit unverminderter Geschwindigkeit auf ihn zu. Es schepperte und den MG durchfuhr ein Ruck. Peter schrie auf. Der schwere Pick-up hatte sich an seinem Wagen vorbeigedrängt und dabei dessen hintere Stoßstange abgerissen. Diese schleifte nun neben dem Auto her, sodass das Metall auf dem Asphalt Funken schlug. Mit quietschenden Reifen verschwand der Pick-up um die nächste Ecke.

Der Zweite Detektiv stieg ungläubig aus seinem Wagen und schaute sich den Schaden an. »Na toll, seit gestern geht es immer nur auf mein schönes Auto.«
»Das tut mir wirklich leid, Zweiter. Vielleicht kann Onkel Titus ein paar Ersatzteile besorgen und wir reparieren das zusammen«, versuchte Justus seinen Freund wieder aufzubauen.

6. Kapitel – Tunnelblick

Kurz darauf kurvten sie mit dem ramponierten MG durch die engen Straßen der Hügel im Norden von Pasadena. Die drei Detektive hatten vor, sich die Paradise Station einmal genauer anzusehen. Justus nutzte die Gelegenheit, um noch mal Inspektor Cotta anzurufen. Der Erste Detektiv stellte sein Telefon auf laut, sodass die anderen beiden mithören konnten, was der Polizist sagte.

»Wir haben mittlerweile einen Bericht der örtlichen Feuerwehr. Es sieht so aus, als wären die Löcher natürlichen Ursprungs. Da waren wohl irgendwelche Hohlräume, die sich abgesenkt haben. Und irgendwann ist die Erde eben ganz eingestürzt. Vielleicht ist der Boden auch durch die lange Dürre dieses Jahr ausgetrocknet und hält nicht mehr so gut«, erklärte Inspektor Cotta.

Justus zog seine Stirn in Falten. »Und warum wusste der Verkünder schon im Vorfeld von diesen Absenkungen?«

»Daran arbeiten wir noch. Mehr kann ich euch nicht sagen.« Der Inspektor verabschiedete sich.

»Soso, natürlichen Ursprungs …«, wiederholte Justus. »Ich vermute weiterhin, dass der Verkünder hinter den Einstürzen steckt. Nur wie genau er sie auslöst, ist mir noch nicht klar. Ich frage mich zudem, ob der heutige Verkünder etwas mit dem Verkünder von damals zu tun hat.«

»Das halte ich durchaus für möglich, Erster.« Bob betrachtete die Unterlagen, die er im Büro fotografiert hatte. »Ich schicke mal meinem Vater eine Nachricht, vielleicht kann er im Archiv der *Los Angeles Post* nachschauen, ob da noch was zu unserem Fall zu finden ist. Vielleicht weiß auch einer seiner Kollegen aus der Redaktion mehr darüber.«

Im selben Moment bremste Peter. Sie waren gerade an dem Gelände, auf dem der Eisenbahnwaggon gestanden hatte, vorbeigefahren. Nun versuchte der Zweite Detektiv, eine Straße zu finden, um an die zusammengestürzte Backsteinmauer zu kommen, durch die sie am Vortag zur Station gelangt waren. Doch der staubige Weg entlang der Gleise endete vor dichtem Gestrüpp.

Bob schüttelte den Kopf. »Hier kommen wir nicht weiter. Wir müssen einen Bahnübergang finden und es noch mal von der anderen Seite der Gleise aus versuchen …«

Rätsel 7 – Wo lang?

Kannst du den drei Detektiven helfen, einen Bahnübergang zu finden? Sieh dich doch mal um! Auf welchem Weg gelangen die Jungen zur Tunneleinfahrt?

»Die Lösung ist ›Vergissmeinnicht‹!« Bob hatte das Wort als Erster erkannt.
»Und jetzt?« Peter starrte auf das Rätsel. »Vergissmeinnicht? Wie soll eine Blume uns weiterhelfen? Das klingt eher nach Valentinstag oder Poesiealbum. Und warum dann noch die Kinokarten? Wer denkt sich denn überhaupt selbst ein Kreuzworträtsel aus? Vielleicht ist die Dame auch einfach nach dem Tod ihres Vaters etwas sonderbar geworden und hat sich mit solchen Rätseln die Zeit vertrieben.«
Justus nahm den Zettel, betrachtete ihn für einen Moment und steckte ihn schließlich ein. »Ich bin mir sicher, das alles hat seine Bedeutung. Und wir werden herausfinden, welche. Das verspreche ich euch. Wahrscheinlich wissen wir einfach noch nicht genug, um es zu verstehen. Diese Pauline Livingston war eine sehr kluge Frau, irgendetwas wollte sie dem Journalisten damit sagen oder zeigen. Etwas, das sie selbst nicht sagen durfte, oder etwas, das so schrecklich war, dass sie es nicht sagen konnte.«
Bob fotografierte das Bild und die Kinokarten. »Ansonsten gibt es hier nicht mehr viel zu sehen. Die leere Blumenvase hier hat, glaube ich, nichts zu bedeuten.«
»Wartet mal, da liegt noch etwas im Papierkorb unterm Schreibtisch«, bemerkte Peter und griff in den Blecheimer. Er fand einen zerknüllten Brief. »Hey, ich glaub, der ist von Pauline an ihre Schwester.«

Meine geliebte Schwester,

es tut mir leid, dass ich erst jetzt wieder schreibe. Aber die Arbeit war in den letzten Wochen schwer. Wir haben einen Fahrstuhl zur Passage gebaut. Und bei einer Bohrung haben wir Mineralien wie Kupfer, Blei und sogar etwas Gold gefunden. Um das weiter zu untersuchen, muss ich wieder einen neuen Tunnel planen. Ich arbeite fast rund um die Uhr.
Aber was viel wichtiger ist: Wie geht es dir? Ich kann es nicht ertragen, dass Vater dich so schlecht behandelt. Wir haben Mutter doch vor ihrem Tod geschworen, zusammenzuhalten, egal was kommt. Er sagte, du hast unsere Familie verraten, weil du dich mit Rick Coldwell verlobt hast, den Vater so verachtet. Nun hat Vater mir sein geheimes Büro überlassen, von dem du nichts wissen sollst. Ich aber verstehe deine Gefühle und denke, Vater sollte lernen zu vergeben.
Was meine Gefühle betrifft: Danke, dass du mir Ricks Bruder Steve vorgestellt hast. Er erfüllt mein Herz mit Freude und interessiert sich sehr für mich und meine Arbeit. Wir planen, demnächst in das neue Kino zu gehen. Steve hat uns schon Karten besorgt. Er ist so ein netter Gentleman. Ach! Das wird schön. Du merkst, es gibt viel zu erzählen. Ich freue mich, wenn wir uns morgen bei der Eröffnungsfeier sehen!

Vergiss mein nicht!
Deine Pauline

Bob atmete hörbar durch. »Wow, sie schreibt: ›… wenn wir uns morgen bei der Eröffnungsfeier sehen!‹ Das bedeutet, der Brief wurde genau am Tag vor dem Unglück geschrieben. Aber nie abgeschickt. Die arme Pauline hatte noch keine Ahnung, was wenige Stunden später passieren würde.«

Justus nickte. »Ich denke, hier haben wir jetzt wohl alles gesehen, was es zu sehen gab. Wir sollten uns besser mal wieder auf der Party blicken lassen.«

Sie verließen den geheimen Raum, schlüpften durch die Geheimtür zurück ins Erinnerungszimmer, stiegen die Marmortreppe hinab und mischten sich wieder unter die Gäste.

Da erblickten sie plötzlich ein vertrautes Gesicht in der Menge. Es war Simon Stonebridge – und er kam direkt auf die Jungs zu.

»Ihr drei Halunken, hab ich euch erkannt – obwohl ihr euch so in Schale geworfen habt. Was macht ihr hier auf der Party?«

Nervös musterte der Geschäftsführer der Los Angeles Metro die drei Detektive. »Gebt es zu, ihr verfolgt mich! Ihr seid hierhergekommen, um mich noch weiter unter Druck zu setzen, richtig? Ihr wollt meine Firma vernichten!«

»Aber, Sir. Wieso sollten wir die LA Metro vernichten wollen?«, erwiderte Justus ruhig.

Simon Stonebridge sah sie misstrauisch an. »Ihr habt zu viele und zu merkwürdige Fragen gestellt. Außerdem hab ich ein bisschen über euch recherchiert. Dein Onkel, Justus Jonas, hat kürzlich einen Bagger bei der Zulassungsstelle angemeldet. Und damit hast du diese Löcher gemacht!«

Justus schnaufte. »Sie sollten mit Ihren Anschuldigungen vorsichtig sein, Sir. Ihre Vorwürfe sind haltlos. Dass Sie uns beschuldigen, ist sogar eine bei Kriminellen übliche Taktik, um den Verdacht von sich abzulenken. Sie selbst könnten hinter der Maske des Verkünders stecken. Denn die Schäden durch die Einstürze sind für Sie eine Ausrede dafür, dass Ihr Unternehmen Schulden machen muss. Dadurch kommen Sie an einen günstigen Notkredit.«

Bob sprang dem Ersten Detektiv zur Seite: »Und Sie haben doch auch jede Menge Baumaschinen, mit denen Sie große Löcher buddeln können, oder etwa nicht?«

Stonebridge verschlug es kurz die Sprache. Die drei ??? nutzten diesen Moment, um sich wieder von ihm abzuwenden. Da fiel ihnen die Gastgeberin ins Auge. Crystal Coldwell warf theatralisch ihre weißblonden Haare nach hinten, nahm sich ein Kristallglas vom Flügel, an dem gerade ein Pianist mit ernster Miene spielte, und schlug mit einem Löffel gegen das Glas. Das Murmeln der Gäste und die Klaviermusik verstummten augenblicklich.

Die drei Detektive suchten sich einen Platz in der Nähe des Flügels, wo auch Ashton stand und seiner Mutter zuhörte.

Crystal Coldwells raue Stimme füllte den Raum aus: »Da Sie heute ohnehin hier sind, erlaube ich mir, Ihnen mein neuestes

Projekt zu zeigen. Schauen Sie mal aus dem großen Fenster! Na los!«

Die Gäste waren etwas verwundert, leisteten der resoluten Anweisung aber Folge und blickten durch das Fenster in die dunkle Nacht von Pasadena.

Plötzlich waren die Hügel in helles Licht gehüllt und in der Entfernung wurde die Baustelle eines Gebäudes sichtbar.

»Hier sehen Sie den Crystal Gold Tower, die neue Luxusadresse in North View! Nobelwohnungen für die, die es sich leisten können. Ein kleiner Tipp am Rande: Wenn Sie heute Ihre alten, unnützen Grundstücke verkaufen, können Sie direkt und mit Sonderkonditionen in dieses Projekt investieren. Bei Interesse wenden Sie sich gerne an mich.«

»Aber Mrs Coldwell, was ist dort mit dem Verkünder und den Einstürzen? Macht Ihnen das bei Ihrem eigenen Projekt keine Probleme?«, warf ein Herr mit einer pinkfarbenen Fliege ein.

»Ach, papperlapapp, das Gebäude liegt ja am Fuße der Hügel, North View ist weit weg von den Gefahrenstellen, da mache ich mir keine Sorgen.«

»Und außerdem ist es gut versichert«, murmelte Ashton vor sich hin.

Crystal räusperte sich. »Liebe Gäste, nun zu Ihren Bedürfnissen! Ich habe mich mal wieder für Sie eingesetzt und den Chef der Pasadena Public Bank, Mr Bottleneck, überredet, ein Hilfspaket für Sie zu schnüren. Wer seine Grundstücke aus

dem Wirkungsgebiet dieses verrückten Verkünders heute an die Bank verkaufen möchte, kann das jetzt tun. Die Bank hat sich bereit erklärt, alles zu einem durchaus fairen Preis aufzukaufen. Begrüßen Sie mit mir nun den Bankdirektor Mr Bottleneck ...«
Applaus ertönte und eine unscheinbare rothaarige Dame mit einer großen Brille trat zu Mrs Coldwell und sprach leise mit ihr. Die Gastgeberin stutzte kurz, nickte dann aber und wandte sich wieder an die Gäste. »Ah ja, Mr Bottleneck lässt sich entschuldigen, hat mir aber seine reizende Stellvertreterin Mrs Vanessa Newton geschickt. Sie wird die nötigen Formulare mit Ihnen durchgehen. Wir haben hier gleich zwei Schreibtische aufgebaut, da können Sie schnell und unkompliziert Ihre Unterlagen ausfüllen.« Crystal Coldwell zwinkerte charmant. »Aber beeilen Sie sich, es gibt bald Essen!«
Einige Mitarbeiter und Mitarbeiterinnen von Mrs Coldwell schoben bereits Wagen mit erlesenen Spezialitäten herein und der Raum füllte sich mit dem Duft von vielerlei Köstlichkeiten. Ein begeistertes Raunen ging durch die Menge.
Auch Emiliano, der Hund von Mrs Coldwell, schnupperte begierig, jaulte dann aber nur kurz und blieb bei seinem Frauchen sitzen. Die Bankerin Mrs Newton sah belustigt zu ihm hinunter und tätschelte dem Golden Retriever kurz mit ihrer linken Hand den Kopf. »Für dich gibt's bestimmt auch was, braves Hundilein!«, tröstete sie ihn und ging dann zu den für sie vorbereiteten Tischen.

Im selben Moment ertönte ein vielstimmiges elektronisches Piepen aus allen Ecken des Saales. Mehrere Gäste griffen nach ihren Mobiltelefonen und starrten gebannt auf die Bildschirme. Auch das Handy des Ersten Detektivs vibrierte in seiner Hosentasche.

»Was ist denn jetzt los? Wartet! Ich habe ebenfalls eine Nachricht auf mein Telefon bekommen.« Justus sah auf das Display, wo eine Datei mit dem Namen ›Video Nummer 6‹ darauf wartete, geöffnet zu werden. Seine Augen huschten über den dazugehörigen Text. »Ihr werdet es nicht glauben! Tante Mathilda hat mir gerade das nächste von diesen Einsturz-Videos geschickt mit den Worten: ›Justus, sei vernünftig! Leite diese Botschaft des Verkünders bitte an zehn deiner Kontakte weiter. Du willst doch nicht, dass der Verkünder auch unser Grundstück in die Hölle zieht!‹«

Während der Erste Detektiv mit Peter und Bob die bisherigen Einsturzstellen verglich, machte sich im Saal Unruhe breit. Die anderen Gäste schienen dasselbe Video bekommen zu haben. Auch Mrs Coldwell hielt ihr Mobiltelefon in der Hand. Plötzlich drängelten sich immer mehr Menschen in die Warteschlange vor den Schreibtischen, um ihre Grundstücke zu verkaufen.

Die Gastgeberin versuchte, die Situation zu entspannen. »RUHE! Ruhe bitte! Alles wird gut, liebe Gäste! Hier wird für jeden gesorgt! Und bedienen Sie sich gerne ausgiebig an unserem reichhaltigen Buffet! Probieren Sie auf jeden Fall etwas von unseren mit Blattgold dekorierten Schokoladen-Früchten, die sind köstlich. Für meine Gäste nur das Beste!«, rief Crystal Coldwell lauthals.

Die Aufregung legte sich wieder etwas. Und nachdem die zahlreichen Interessenten unterschrieben hatten, widmeten sie sich mit Genuss den Speisen und Getränken.

In diese Stimmung hinein kündigte die Hausherrin an: »Und während Sie weiter das gute Essen genießen, singe ich für Sie ein kleines Lied über die Schönheit von Pasadena. Nicht wahr, Emiliano, du bist auch ein guter Sänger!«

Der Hund, der sich Mrs Coldwell zu Füßen gelegt hatte, jaulte kurz auf, als seine Besitzerin ihn streichelte. Die Gäste lachten, viele von ihnen verzogen sich allerdings angesichts der anstehenden Gesangsvorführung mit ihren überfüllten Tellern lieber auf die Terrasse.

»Freunde, lasst uns auch nach draußen gehen, ich glaube, wir müssen uns diesen musikalischen Höhepunkt des Abends nicht mehr antun«, schlug Bob vor.

Die drei ??? bahnten sich ihren Weg durch die Partygäste. Justus ging voran zu einer Treppe, die hinab in den Garten des Anwesens führte. Sie liefen an einem beleuchteten Teich vorbei, einen Schotterweg hinunter und kamen zu einem weitläufigen Skulpturengarten.

»Ach, herrlich diese Ruhe hier«, freute sich Peter.

Bob schaute die anderen beiden Detektive an. »Lasst uns mal zusammenfassen: Die beiden Fälle damals und heute ähneln sich – und auch wieder nicht. Der alte Verkünder ließ nach einer Reihe von Warnungen im Radio und anderen Auftritten die Paradise Station einstürzen. Verhaftet wurde ein Clifford Miller. Nachdem er gefasst war, hörte man rund hundert Jahre nichts mehr von dem Verkünder. Bis heute. Seit einer Weile spricht er wieder Warnungen aus, diesmal verbreitet er sie über Handyvideos. Und es gab schon mehrere Unglücke, bei denen ganze Häuser im Boden versunken sind, die alle in einem bestimmten Gebiet lagen.«
»Alles richtig«, bestätigte Justus. »Vermutlich werden die Erdrutsche aus dem Untergrund ausgelöst und mein Gefühl sagt mir, dass das Tunnelsystem der alten Paradise Station dabei eine Rolle spielt. Wenn wir nur irgendwo einen Zugang finden könnten! Über den alten Bahntunnel kommen wir jedenfalls nicht mehr hinein.«
»Wir können eher froh sein, dass wir noch herausgekommen sind, bevor alles zusammengestürzt ist«, ergänzte Peter.
Justus nickte. Dann hatte er einen anderen Gedanken. »Kollegen, erinnert ihr euch an den Brief von Pauline Livingston an ihre Schwester? Sie schrieb vom Bau eines Fahrstuhls. Durch ihn konnten sie ebenfalls die Paradise Station betreten. Er könnte noch intakt sein. Fragt sich nur, wo er ist. In dem Rätselgedicht gibt es die Zeile ›Im Grab führt der Violin zum

Paradies‹ und kurz darauf steht etwas von ›Im Untergrund‹ – ich halte es für möglich, dass die Grabstätte etwas mit dem Zugang zu tun hat.«

Peter sah seinen Freund alarmiert an. »Heißt das, du willst jetzt auf den Friedhof?«

Justus wiegte den Kopf. »Notfalls auch das. Aber vorher könnten wir uns hier im Garten umsehen. Früher errichteten reiche Leute ihre Familiengräber oft auf dem eigenen Grundstück. Lasst uns meinen Rucksack holen, bei der Suche nach einem Grabmal könnten wir unsere Taschenlampen gut gebrauchen.«

Etwas später schlichen die drei ??? durch die weite Anlage der Coldwell-Villa. Plötzlich huschte in einiger Entfernung eine schemenhafte Figur durch die dunklen Büsche.

»Psst!« Peter legte einen Finger auf seine Lippen. »Wer war das? Das finde ich heraus!« Der Zweite Detektiv rannte los, so leise er konnte. Er sprang über ein Gebüsch und sprintete eine Treppe hinauf. An der letzten Stufe stolperte er, fing sich aber schnell wieder. Beim Hochkommen sah er noch einen Schatten und hetzte darauf zu. Plötzlich stand er vor der Wand eines Gebäudes, das aussah wie ein griechischer Tempel, reich verziert mit Säulen und Ornamenten. Ungläubig blickte der Zweite Detektiv sich um.

Als die anderen beiden ihn erreichten, zuckte er ratlos mit den Schultern. »Ihr werdet es nicht glauben!«, flüsterte Peter aufgeregt. »Der Mann stand vor diesem komischen Gebäude.

Und dann ist er einfach verschwunden. Wäre ich nicht über diese blöde Stufe dahinten gestolpert, hätte ich ihn erwischt.« Peter war immer noch außer Atem.

Justus klopfte ihm auf die Schulter. »Trotzdem gut gemacht, Zweiter, dass du so geistesgegenwärtig losgerannt bist.«

Bob leuchtete das Gebäude mit seiner Taschenlampe ab. »Merkwürdig, dass er ausgerechnet hier verschwunden ist. Dies hier ist das Grabmal der Familie Livingston – da ist der weinende Marmorengel! Und schaut mal, da oben steht: ›Vergiss mein nicht, wenn die Engel zu den Sternen fliegen‹!« Bob zeigte auf eine Inschrift unter dem Steinbogen des Mausoleums.

Justus sah ebenfalls nach oben. »Vergiss mein nicht! Wie in dem Brief und in dem Kreuzworträtsel! Das hat doch irgendetwas zu bedeuten!«

Peter trat näher an die Wand und strich daran entlang. »Hier an der Seite ist eine Marmortafel mit einem Schloss, an dem man drei Ziffern einstellen kann …«

Rätsel 12 – Der geheime Zugang

Kannst du den drei ??? helfen, die drei benötigten Ziffern herauszufinden?

VERGISS MEIN NICHT,
WENN DIE ENGEL ZU DEN
STERNEN FLIEGEN

»Die Einsturzstellen liegen genau über den geplanten Stationen von Livingstons U-Bahn-System!«, stellte Bob fest, als er die Karten übereinanderlegte und gegen das Licht hielt. »Dort verlaufen offenbar Tunnel, die noch im Rohbau sind. Sie wurden nie fertiggestellt.«

»Sehr gut, Bob!« Justus klopfte seinem Freund anerkennend auf die Schulter. »Möglicherweise führten an den geplanten Stationen schon Luftschächte bis zur Oberfläche. Solche ungenutzten Schächte werden meist mit Sand oder Geröll gefüllt. Der Verkünder oder ein Komplize könnte mit einer Baumaschine durch einen der alten Tunnel bis an die Luftschächte herangefahren sein. Dann musste er von unten nur noch das Füllmaterial weggraben. Dadurch gibt dann der Boden nach – und wenn Autos oder Gebäude darüber stehen, sacken diese in den alten Hohlraum hinein. Fertig ist die sogenannte ›Magie‹ des Verkünders.«

Bob warf noch mal einen Blick auf die Karten. »Damals waren zusätzlich zur Paradise Station laut Plan sieben weitere Stationen angelegt.«

»Sieben?« Justus überlegte. »Das letzte Einsturz-Video war als Nummer 6 gekennzeichnet. Das heißt …«

»… er holt gerade zum finalen Schlag aus!«, schloss Peter.

10. Kapitel – Das fliegende Kuchenstück

»Okay, Kollegen … An welcher der alten Stationen hat es bislang noch keinen Erdrutsch gegeben?«, überlegte Justus.

Die drei Detektive starrten auf die Karten.

»Hier!« Bob entdeckte es zuerst. »Bei ›North View‹ ist noch nichts passiert. Wartet mal … An der Stelle steht heute …«

»… der Crystal Gold Tower!«, sagten sie alle gleichzeitig.

Einen Moment lang herrschte betretenes Schweigen.

Dann fuhr Peter fort: »Leute, wir sollten uns beeilen. Vielleicht können wir den finalen Schlag des Verkünders verhindern!«

Sie verließen das Kino und schlichen so leise wie möglich durch die Gänge der Passage.

»Was war das?« Bob blieb stehen und horchte auf. »Ich dachte, ich hätte gerade Schritte gehört.«

Peter zeigte auf eine Tür. »Schnell, da rein!« Er drückte die Klinke einer unauffälligen Holztür nach unten, aber die war verschlossen. Nervös fummelte er sein Dietrichset aus der Tasche und zum Glück ließ sich kurz darauf das Schloss öffnen. Durch den Hintereingang betraten die drei ??? ein altes Bekleidungsgeschäft.

»Lasst uns direkt vorne wieder raus und dann zügig weiter«, schlug Justus vor.

Doch als Peter kurz darauf die vordere Ladentür öffnete, die wieder auf den zentralen Platz der Passage führte, klingelte

lautstark eine Glocke, die am Türrahmen angebracht war.
»Oh nein!«, ärgerte sich der Zweite Detektiv. »Das war jetzt nicht unbedingt das Schlauste.«
»Allerdings!«, erwiderte eine Stimme nicht weit von der Tür entfernt. Eine Stimme, die alle drei Detektive sofort erkannten. Und tatsächlich trat hinter einem alten Hotdog-Stand … Simon Stonebridge hervor! In seiner linken Hand hielt er einen Baseballschläger. »Ich hab's doch gewusst!«, brüllte der Geschäftsführer der LA Metro. »Ihr kleinen Nervensägen seid unterwegs, um den nächsten Einsturz auszulösen! Praktischerweise konnte ich hier unten ein gutes Sportwarengeschäft finden.« Er reckte den Baseballschläger in die Luft und kam ein paar Schritte auf die Jungen zu. »Damit werde ich euch eure Flausen austreiben.«
Doch bevor er seine Drohung wahr machen konnte, ertönte ein lautes Quietschen. Auf der anderen Seite des Platzes öffnete sich das Tor zum Betriebsgelände. Heraus kam Emiliano, der Hund von Mrs Coldwell. Hinter ihm traten Crystal Coldwell und ihr Sohn Ashton, der in der Hand einen riesigen Schraubenschlüssel hielt, aus dem Tor.
»Das Scharnier musst du mal wieder ölen, Ashton«, sagte Mrs Coldwell, da entdeckte sie die drei ??? und Simon Stonebridge. »Nanu, haben wir die Party jetzt hierher verlegt? Bleibt, wo ihr seid, sonst wird mein Sohn Ashton euch eins mit seinem Schraubenschlüssel überziehen. Wir lassen uns vom Verkünder und seinen Helfern nichts mehr gefallen!«

Die drei ??? rückten zusammen. Justus zog den steinharten Schokoladenkuchen, den er vom Buffet in der Paradise Station mitgenommen hatte, aus seinem Rucksack und umschloss ihn mit seiner Hand.

Auch Peter machte sich bereit, sich zu verteidigen. Er ballte seine Fäuste und blickte erst zu Stonebridge und dann zu den Coldwells. »Unterstehen Sie sich, meinen Freunden etwas anzutun«, rief er.

Da ertönte hinter ihnen erneut die Ladenglocke des Bekleidungsgeschäftes, aus dem die Jungs gerade erst gekommen waren. In der Tür stand Mrs Turner, Stonebridges Assistentin, in der Hand eine Axt, wie sie Feuerwehrleute benutzen. Sie stellte sich neben die völlig perplexen Detektive. »Schön, euch zu sehen, nun werden wir uns den Übeltäter schnappen!«

Justus fasste sich als Erster und blickte einmal reihum. »Durchaus amüsant: Wir haben hier eigentlich einen Täter gesucht, stattdessen finden wir lauter bewaffnete Unschuldslämmer.«

Mr Stonebridge starrte derweil Mrs Turner ungläubig an. Er schien seinen Augen nicht zu trauen. »Mrs Turner, wie kommen Sie hierher? Sie mischen sich in meine Angelegenheiten ein? Das wird Sie Ihren Job kosten!« Er warf Justus, Peter und Bob einen kurzen Blick zu und wandte sich dann an Crystal Coldwell: »Mrs Coldwell, hier haben wir die Schuldigen! Diese drei Bürschchen, die sogenannten drei ???, stecken hinter den Einstürzen des Verkünders!«

»Was für Fragezeichen? Ich dachte, diese Lümmel sind die drei Dollarzeichen«, wunderte sich Crystal Coldwell.
Justus reagierte sofort. »Wir sind in der Tat die drei ???. Wir sind Detektive, und was Ihre Beschuldigungen angeht, Mr Stonebridge –«
»Warte, Bursche, bevor du weiterredest, wir haben auch etwas herausgefunden«, unterbrach ihn Mrs Coldwell. Sie setzte ein fröhliches Gesicht auf. »Liebe Freunde! Hier präsentiere ich euch und der Welt nun den Finsteren Verkünder: Es ist ... Mr Simon Stonebrigde.«
Stonebridge riss die Augen auf und rief empört: »Das ist eine bodenlose Frechheit! Was erlauben Sie sich?«
Bevor er sich jedoch weiter beschweren konnte, mischte Justus sich wieder ein. »Wir haben zunächst auch gedacht, dass Mr Stonebridge hinter dem Finsteren Verkünder stecken könnte, Mrs Coldwell, aber mehrere Indizien sprechen dagegen.«
»Ach so, ihr braucht einen Beweis.« Sie holte ein Blatt aus ihrer Handtasche und hielt es hoch. »Dafür habe ich dieses schöne Foto hier! Es zeigt Sie, Mr Stonebridge, mit dem Kostüm des Verkünders. Wahrscheinlich wollten Sie gerade wieder ein neues dieser grässlichen Videos aufnehmen. Pfui!«
Dem Geschäftsführer blieb vor Entsetzen der Mund offen stehen. Er zitterte vor Aufregung. »Tatsächlich, das bin ich auf dem Foto, aber ich habe dieses Kostüm nur hochgehalten, nachdem ich es im Garten Ihres Anwesens gefunden hatte.

Mrs Coldwell, glauben Sie mir, ich bin nicht der Verkünder!«, verteidigte sich Stonebridge.

Mrs Coldwell fixierte ihn mit ihrem Blick: »Und ob Sie das sind, geben Sie es zu!«

Justus nickte bedächtig. »Eine interessante Theorie, Mrs Coldwell. Doch in Ihrem Fall ist nicht alles Gold, was glänzt. Ich vermute nämlich vielmehr, Sie selbst stecken hinter dem Verkünder und wollen Mr Stonebridge dafür zum Sündenbock machen. Wahrscheinlich haben Sie dieses Kostüm absichtlich für ihn ausgelegt. So hätten Sie der Polizei schnell eine Lösung bieten können, damit sie den Fall zu den Akten legt und Ihnen lästige Ermittlungen erspart bleiben. Mir ist auch gerade das Motiv klar geworden. Sie wollen endlich das tun, wovon Sie schon lange träumen: das Gold suchen, das Ihre Vorfahren hier unten gefunden haben, kurz bevor die Station zusammenbrach. Wir haben einen Brief Ihrer Tante Pauline gelesen, in dem sie von Mineralienfunden spricht. Deshalb vergraulen Sie beziehungsweise Ihr Sohn als Verkünder alle Menschen, die in dieser Region leben und –«

»Ruhe, es reicht!« Blitzschnell klappte Crystal Coldwell die überdimensionsionale Gürtelschnalle ihres Kleides auf, zog einen kleinen goldenen Revolver heraus und feuerte ihn ab. Die Kugel schlug hinter den drei Detektiven in die Mauer ein. Alle zuckten zusammen.

Dann stieß sie ihren Sohn Ashton mit dem Ellbogen an. Der

zog nun ebenfalls eine Pistole hervor, während seine Mutter rief: »Runter mit Ihrem Baseballschläger, Mr Stonebridge! Und Sie, Mrs Turner, weg mit der Axt!«

Simon Stonebridge legte den Schläger vor sich ab. Seine Assistentin warf resigniert die Axt zu Boden.

Sofort sammelte Ashton Coldwell die Waffen ein.

Justus beobachtete zunächst den Sohn, dann wandte er sich wieder an die alte Dame. »Glückwunsch! Wie es aussieht, haben Sie gewonnen. Darf ich Ihnen vielleicht noch eine Frage stellen?«

»Meinetwegen, junger Mann. Aber mach schnell. Wir haben heute noch einiges vor!« Crystal Coldwell sah den Ersten Detektiv ungeduldig an.

Justus nickte. »Wir haben einige Indizien dafür gefunden, dass Ihre Mutter und die Familie Ihres Vaters damals hinter dem alten Verkünder steckten und für den Einsturz der Paradise Station vor hundert Jahren verantwortlich waren. Sie scheinen den Verkünderschwindel offenbar als Familientradition zu betrachten, in die Sie nun auch noch Ihren Sohn Ashton reingezogen haben. Richtig?«

»Ja, das stimmt alles, nur leider wirst du es niemandem mehr erzählen können.« Crystal Coldwell verzog keine Miene.

Nun wandte Bob sich an die Dame. »Ich habe auch eine Frage: Die Einstürze – wie und womit verursachen Sie die?«

»Also gut, bevor ihr das Zeitliche segnet, will ich euch auch das gerne noch verraten. Mein Sohn Ashton ist ein begabter Mechaniker und hat nicht nur eine Vorliebe für alte Autos, sondern auch für antike Baumaschinen. Wenn wir mit euch hier fertig sind, wird er sich in den Tunnel begeben, der am Hinterausgang des Betriebsgeländes verläuft. Da steht der gute, alte Dampfbagger meines Großvaters, der Kessel ist schon angeheizt. Mein lieber Ashton wird damit losfahren und unseren letzten Höllenschlund auftun. Genau unter dem wunderschönen Rohbau unseres Crystal Gold Towers. Was keiner weiß: Der ist nicht viel mehr als eine Attrappe, den haben wir aus den billigsten Materialien errichtet. Ein Kartenhaus, das nur darauf wartet, zusammenzustürzen.« Crystal Coldwell grinste überheblich.

Justus nickte. »Grund ist die hohe Versicherungssumme für den Gold Tower, nicht wahr?«

Mrs Coldwell kräuselte ihre Lippen. »So ist es. Leider geht das Vermögen zur Neige, das ich von meiner Familie geerbt habe. Mit dem Versicherungsgeld kaufe ich die Grundstücke von der Bank, die all die verängstigten Immobilienbesitzer heute auf meiner Party zu einem Spottpreis veräußert haben – dann kann ich darunter nach Herzenslust nach Gold graben! Und das, wo ich Gold doch so sehr liebe!« Lachend warf sie ihren Kopf in den Nacken. Dann blickte sie die drei ??? wieder ernst an. »Ihr Jungs seid wirklich klug, deshalb kann ich euch leider unmöglich laufen lassen. Asthon, such dir ein ruhiges Plätzchen und bring sie zum Schweigen!«

Peter und Bob schluckten.

Justus jedoch bemerkte die Unsicherheit im Blick von Crystals Sohn. Freundlich fragte er ihn: »Ashton, wollen Sie das wirklich? Ich habe im Pokalzimmer der Villa Coldwell einige Trophäen von Ihnen gesehen, die Sie im Schützenverein gewonnen haben. Sie sind dementsprechend ein guter Schütze. Doch vorhin, als Sie im Kostüm des Verkünders auf uns geschossen haben, standen Sie unmittelbar vor uns und trafen dennoch den Kronleuchter. Das lässt nur einen logischen Schluss zu: Sie wollten uns nicht verletzen.«

Ashton stand vollkommen regungslos da.

»Na los, worauf wartest du?«, trieb ihn seine Mutter an. »Du willst mich doch nicht mal wieder enttäuschen? Hörst du mir überhaupt zu, Ashton?«

»Ja, Mutter.«

»Na, dann mach kurzen Prozess mit ihnen. Drück ab!«

»Nein, Mutter!«

Crystal verstummte. Ungläubig starrte sie ihren Sohn an.

Diesen Moment nutzte Mrs Turner. Sie entriss Justus das steinharte Kuchenstück. Dann zielte sie und warf der Frau die hundert Jahre alte Backware an den Kopf. Mrs Coldwell sackte wie vom Blitz getroffen in sich zusammen. Ihr Revolver fiel zu Boden. Ashton fing seine Mutter auf, dabei entglitt auch ihm seine Pistole.

Geistesgegenwärtig stürzte Simon Stonebridge sich darauf,

riss beide Waffen an sich und richtete sie – eine links, eine rechts in der Hand – auf Mrs Coldwell und ihren Sohn.

Die alte Dame hatte nur kurz das Bewusstsein verloren. Schon schlug sie ihre Augen wieder auf und erfasste sofort die Situation. »Das ist eine bodenlose Frechheit!«, tobte sie. »Ruhe!«, forderte Stonebridge. »Gerade Ihnen sollte doch folgendes Sprichwort bekannt sein: ›Reden ist Silber, Schweigen ist Gold‹!«

11. Kapitel – Hans Dampf in allen Gassen

Sie fesselten die Coldwells mit einer Rolle Klebeband aus Justus' Rucksack. Anschließend nahm Stonebridge die Munition aus den Waffen und warf sie in eine Ecke.

Erleichtert wandte er sich an die drei Detektive. »Danke, Jungs, dass ihr den Fall gelöst habt! Ich hatte euch völlig falsch eingeschätzt.«

»Nun gut, wir nehmen Ihre Entschuldigung an«, bemerkte Justus widerwillig. Im Augenwinkel sah er, wie Mrs Turner zu Emiliano, dem Hund von Mrs Coldwell ging. Der wedelte freudig mit dem Schwanz, als sie ihm den Kopf tätschelte. »Ist ja gut, mein Hundilein!«

Simon Stonebridge wandte sich ihr zu. »Mrs Turner, was ich da vorhin wegen Ihres Jobs gesagt habe, war nur aus dem Affekt. Sie bekommen eine Gehaltserhöhung. Denn ohne Sie wäre die Sache hier ganz anders ausgegangen.«

»Dabei ging es Ihrer Assistentin allerdings nicht um Sie, Mr Stonebridge, oder um uns«, warf Justus ein.

Alle sahen ihn erstaunt an.

Der Erste Detektiv erklärte: »Auch bei Ihnen ist mir gerade etwas klar geworden, Mrs Turner. Oder sollte ich besser sagen: Mrs Newton? Ihres Zeichens Mitarbeiterin der Pasadena Public Bank. Kompliment übrigens für Ihre Verkleidung: Ich habe Sie unter der roten Perücke und mit der großen Brille nicht erkannt und so wären Sie mit dieser Nummer fast durchgekommen – wäre da nicht die Sache mit dem ›Hundilein‹ gewesen. So unverkennbar sprachen Sie Emiliano vorhin auf der Immobilienparty an, ebenso wie gestern schon in Ihrem Büro bei der LA Metro und nun gerade eben wieder. Wie haben Sie es geschafft, dass der echte Bankdirektor nicht bei der Gala aufgetaucht ist?« Mrs Turner schnaufte nur und Justus fuhr fort: »Oder wäre es Ihnen lieber, wenn ich Sie mit Ihrem Geburtsnamen anspreche, Miss Miller? Zufälligerweise lag – wahrscheinlich weil Ihnen die Kündigung drohte und Sie sich anderweitig bewerben wollten – auf Ihrem Schreibtisch im Büro Ihr Lebenslauf. Ich habe einen Blick darauf geworfen, als wir gemeinsam das Video angesehen haben. Wie ich daraus entnehmen konnte, hießen Sie so, bevor Sie geheiratet haben, nicht wahr?«

Die Frau wurde zusehends unruhiger, während Justus weitersprach: »Miller. Wie Clifford Miller, der vor hundert Jahren hier unten gearbeitet hat. Ihr Urgroßvater, nehme ich an. Er erlitt ein trauriges Schicksal, ihm wurde damals von Livingston gekündigt und dann wurde er auch noch zu Unrecht als Finsterer Verkünder verhaftet.«

Mrs Turner atmete geräuschvoll durch die Nase ein. »Also, Herr Meisterdetektiv, weil du es so genau wissen willst: Bankdirektor Bottleneck ließ sich sehr leicht von einer Terminverschiebung auf nächste Woche überzeugen. Daraufhin habe

ich die Vorlage für den Immobilienkaufvertrag – den Sie mir freundlicherweise haben zukommen lassen, Mrs Coldwell – ein klitzekleines bisschen modifiziert. Alle auf der Party unterzeichneten Verträge sind dadurch ungültig.« Sie blickte kurz zu der alten Dame. Die Anspannung in ihrem Gesicht wich einem Ausdruck von Triumph. »Ja, ich wollte meinen Urgroßvater rächen! Auch er vermutete schon, dass Lucinda Livingston und die Coldwell-Brüder hinter dem Verkünder steckten. Nachdem ich seine alten Tagebücher gelesen hatte, in denen er von den Bauarbeiten der Paradise Station und seinem Verdacht über den wahren Verkünder berichtete, konnte ich nicht mehr ruhig schlafen. Ich war mir sicher, dass die Coldwells ihm damals das Verkünderkostüm nur untergeschoben hatten. Also ließ ich mich als Sekretärin bei der LA Metro anstellen, so konnte ich im Archiv zur Paradise Station recherchieren. Ich brachte Mr Stonebridge auf die Spur des Verkünders. Leider ließ er sich von den Coldwells an der Nase herumführen und hätte fast ein ähnliches Schicksal wie mein Urgroßvater erlitten. Da kamt ihr drei klugen Jungs mir gerade recht. Ich habe euch beauftragt, damit ihr Beweise findet, dass mein Urgroßvater unschuldig ist!«
Bob lächelte sie an. »Mrs Turner, nun wird der Name Miller reingewaschen.«
»Danke für das Angebot. Aber das reicht mir nicht! Die Familie Coldwell ging und geht für Geld über Leichen und ich

werde es ihr mit gleicher Münze heimzahlen. Ich werde die Säulen der Paradise-Station-Einkaufspassage, die die Last dieser Decke halten, zertrümmern. Und dann wird das Anwesen der Coldwells, das genau über diesem Platz liegt, in einem riesigen Erdloch versinken.«

Peter zog die Augenbrauen hoch. »Sie wollen die Säulen zertrümmern? Wie denn das? Mit dem alten Kuchenstück, mit dem Sie Mrs Coldwell außer Gefecht gesetzt haben?«

Die drei ??? lachten.

Aber da war Mrs Turner bereits in Richtung des Betriebsgeländes losgerannt. Aus einiger Entfernung rief sie: »Ja, lacht nur. Ich warne euch: Hans Dampf wird es euch zeigen!« Schon stürmte sie in das Betriebsgelände und verriegelte das massive Metalltor von innen, sodass ihr niemand folgen konnte.

Peter rief ihr hinterher: »Ja, dann holen Sie doch diesen Hans Dampf und meinetwegen auch noch Hans Wurst! Den werden wir auch gleich mit ins Gefängnis bringen!«

Doch Mrs Turner antwortete nicht mehr.

Unschlüssig sahen sich die drei Detektive an.

Bob erinnerte sich zuerst: »Hans Dampf stand auf einem der Bilder, das war doch dieser Schmied mit dem schweren Hammer und der Pfeife im Mund. Der müsste ja heute über hundert Jahre alt sein. Das kann doch –«

Plötzlich ertönte aus der Betriebshalle ein dumpfes Grollen. Das Geräusch wurde immer lauter. Der Boden begann zu beben.

Crystal Coldwell schrie auf: »Hans Dampf ist kein Schmied. Er ist …« Weiter kam sie nicht. Denn das Tor zum Betriebsgelände wurde aus den Angeln gerissen und krachte auf den Boden. Darüber rumpelte mit ohrenbetäubendem Lärm ein dampfbetriebener Kettenbagger. Ein Schornstein ragte aus der Hinterseite des Fahrzeugs und stieß bei jeder Bewegung eine Dampfwolke aus. Hinter der Baggerschaufel thronte eine beleuchtete Pilotenkanzel, in der Mrs Turner zu erahnen war. Sie walzte über den alten Hotdog-Stand hinweg direkt auf die drei ??? zu.

Als der Bagger näher kam, entdeckten sie ein Messingschild, das an der Vorderseite angebracht war. »Hans Dampf«, war dort zu lesen.

Der Erste Detektiv verstand. »Mit Hans Dampf war nicht der Muskelprotz auf dem Foto gemeint, sondern die Dampfmaschine im Hintergrund. Schnell weg hier!«

Sie sprangen hinter die nächstgelegene Deckung: Egon, den ersten selbstfahrenden U-Bahn-Wagen.

Justus knetete seine Unterlippe. »Okay, ich habe eine Idee. Zweiter, dafür müsstest du Mrs Turner ablenken!« Er flüsterte Peter etwas ins Ohr.

Der atmete tief durch wie vor einem sportlichen Wettkampf. Dann sprintete er los. Jedoch lief er nicht vor der Baumaschine davon, sondern im Gegenteil: Todesmutig steuerte er auf den Stahlkoloss zu und begann, den Bagger zu umkreisen.

Währenddessen kletterten Justus und Bob in die elektrische U-Bahn. Sie hasteten zum Steuerpult.
»Schnell!«, rief der Erste Detektiv. »Hoffen wir, dass wir das antike Schmuckstück irgendwie zum Laufen bekommen. Dann können wir Hans Dampf vielleicht damit rammen!«
Mit einem großen Hebel schaltete Bob die Bahn ein. Mehrere Lämpchen leuchteten auf. Dann drückte er auf einen Knopf mit der Aufschrift »Start«. Doch nichts passierte. »Warum funktioniert das nicht? Oh nein, sieh mal, das Ding hat eine Wegfahrsperre.«
»Ich hoffe, Peter hält noch eine Weile durch«, sorgte sich Justus, während Bob weiter Egons Startmechanismus studierte.
Mrs Turner riss derweil die Steuerung von Hans Dampf zur Seite. Die schwere Schaufel schlug zu – knapp an Peter vorbei, der sich hinter die Statue von Lionel Livingston rettete. Die Marmorfigur hatte der Wucht des Schlages nichts entgegenzusetzen und zersplitterte in tausend Teile. Die Weltkugel, die Livingston in der Hand gehalten hatte, rollte quer über den Platz und blieb direkt vor Mr Stonebridge liegen, der immer noch die Coldwells in Schach hielt. Auch die drei verfolgten gespannt das Schauspiel auf dem Platz.
Dann wummerte ein dumpfes Beben durch die Station. Offenbar hatte Mrs Turner es aufgegeben, Peter zu verfolgen, und schlug nun mit der gewaltigen Eisenschaufel der Maschine mehrfach gegen eine der Stützsäulen der unterirdischen

Passage. Große Brocken brachen aus der Säule heraus. Unter dem nächsten Schlag stürzte sie völlig in sich zusammen. In der Decke bildeten sich Risse und einzelne Steine krachten auf den Platz und die Verkaufsstände nieder. Ein Kronleuchter fiel fast auf Peter, der gerade noch ausweichen konnte.

Als Nächstes begann Mrs Turner, die Säule vor dem Gang einzuschlagen, der zum Fahrstuhl führte.

Bob schluckte. »Sie zerstört den einzigen Rückweg! Wenn wir nicht sofort mit Egon losfahren und Hans Dampf rammen, werden wir das nicht überleben …«

Rätsel 15 – Besiege Hans Dampf!

Der Dampfbagger steht gerade mitten auf Egons Schienen. Wenn Justus und Bob jetzt die elektrische Bahn starten, können sie Hans Dampf rammen und außer Gefecht setzen. Doch um die Wegfahrsperre zu lösen, brauchen sie einen Dienstausweis.
Ein Dienstausweis – so was muss doch irgendwo zu finden sein …

HANS
DAMPF
20 30 40 50 60
SPEED
0000
HALF
OFF

»›IM SCH…R…A…NK‹«, las Peter. »›Im Schrank‹! Irgendwas muss da versteckt sein!«

Bob rannte sofort zu dem reich verzierten breiten Eichenschrank, der an der Wand gegenüber stand, und riss die Türen auf. »Hm, was ist denn das? Hier drin ist eine alte Modelleisenbahn aufgebaut!«

»Eisenbahn …«, murmelte Justus und ließ seinen Blick über die kleine Landschaft mit den Gebäuden und Gleisen schweifen. Daneben standen Lokomotiven und Waggons. Dann sagte er laut: »Ja klar, das steht auch in dem Brief: ›Im Zimmer der Preise macht die Eisenbahn eine Reise‹. Also finden wir hier vielleicht irgendwo einen Hinweis, was zu tun ist.«

»Hey, in der Tür klebt ein Gedicht!« Bob überflog den Text.

Tuut, tuut, fährt die kleine Eisenbahn
durch das Tal – so schnell sie kann.
An der Mine bleibt der Werkzeugwagen stehen,
weiter kann's zur Farm nun gehen.
Dort freuen sich die Rinder auf ihr Futter,
zum Dank geben sie Milch für Butter.
Am Bahnhof kommt die Lok dann zum Stehen.
Und du darfst gehen!

RÄTSEL 10 – Tuut, tuut, fährt die Eisenbahn

Kannst du den drei ??? helfen, die Eisenbahn wie angegeben auf die Reise zu schicken? Schau mal, ob du Waggons dafür findest.

Einer der Scheinwerfer leuchtete tatsächlich auf! Nun wurde auch der Tunnel in ein schwaches, flackerndes Licht getaucht. Vor ihnen im Lampenschein war ein Bahnsteig zu erkennen.

»Da hängt ein Schild«, bemerkte Justus, als sie vorbeirollten. »›Paradise Station‹, steht dort geschrieben. Das ist …«

»… eine alte Bahnstation!«, ergänzte Bob staunend.

Plötzlich zuckte Peter zusammen. »D…d…da vorne ist jemand auf den Gleisen! Hey, Sie … weg da!«, rief er, so laut er konnte. Doch die Person blieb regungslos stehen. Es rumste. Etwas flog durch die zerbrochene Frontscheibe hinein. Instinktiv fing Peter es auf. »Ihhh, das ist der Kopf dieser Person …«, schrie er entsetzt.

Bob kniff die Augen zusammen, um im schwachen Licht der Kabinenbeleuchtung besser sehen zu können. »Beruhig dich, Peter! Das ist nur ein Holzkopf mit Haaren aus Stroh. Wahrscheinlich ein Teil einer alten Schaufensterpuppe, das war bestimmt eine Werbefigur oder so was.«

Peter entspannte sich ein wenig. »Ach so, ja, dazu würde auch passen, dass hier jetzt jede Menge Flugblätter herumliegen.«

Bob griff sich einen der Zettel. »Da steht: ›Eröffnung der Paradise Station mit leckerem Willkommens-Buffet‹. Den Rest kann ich nicht lesen, es ist zu dunkel.«

»Da vorne wird es wieder hell!«, schaltete sich Justus ein.

»Tageslicht!«, rief Peter. »Ich glaube, ich spüre auch schon einen frischen Luftzug!« Er atmete erleichtert auf, als das Gefährt kurz darauf den völlig zugewucherten Ausgang durchbrach und aus dem Tunnel rauschte.

Doch dann ging es abwärts.

2. Kapitel – Wo die Mistgabeln fliegen

Wieder suchten die drei Detektive verzweifelt nach Halt.
»Ahhhh ... das ist ja die reinste Höllenfahrt!«, schrie Bob, während der Wagen über die Reste einer zusammengebrochenen Brücke nach unten raste. Dann hörte das Rumpeln und Rattern der alten Räder schlagartig auf.
Peter schaute aus dem Fenster und krallte sich reflexartig an einer der Sitzbänke fest. »W...w...wir fliegen in hohem Bogen durch die Luft!«, stieß er hervor, da schlugen auch schon Baumwipfel und Äste gegen die Außenwand. Bevor sie weiter darüber nachdenken konnten, wurde der Waggon erschüttert und abrupt abgebremst.
Der dritte Detektiv sah gerade noch, wie Peter samt Bank durch eines der Fenster aus der Kabine geschleudert wurde. Dann konnte auch er sich nicht mehr festhalten und verlor die Orientierung.

Bob wusste nicht, wie viel Zeit vergangen war, als er seinen Kopf aus einem Heuhaufen zog. »Justus! Peter! Geht's euch gut?«, rief er und blickte sich suchend um.
»Ich denke schon«, hörte er Peters Stimme in einiger Entfernung.
Auch Justus meldete sich zu Wort. »Ja, obwohl ich vermutlich die eine oder andere Blessur davongetragen habe«, ertönte die

Stimme des Ersten Detektivs aus dem Waggon. »Ähh, riecht ihr das auch? Es duftet so streng.«

»Wir sind in einem Misthaufen gelandet, Just!«, stellte der dritte Detektiv fest.

Justus streckte seinen Kopf aus dem Waggon, der tatsächlich in einem riesigen Berg aus Mist zum Stehen gekommen war. Dahinter waren die Reste einer Scheune zu sehen, die der Bahnwagen auf seinem Weg offenbar in Trümmer gelegt hatte. »Obwohl das hier nicht gerade ein Luftkurort ist, bin ich höchst erfreut, euch zu sehen!«, witzelte der Erste Detektiv.

Bob stand auf. Während er sich den Schmutz von der Kleidung klopfte, blickte er sich nach Peter um. Als er ihn entdeckte, bot sich ihm ein bizarres Bild. Der Zweite Detektiv saß immer noch auf der Holzbank, an der er sich zuletzt festgeklammert hatte. Nur dass die Bank sich jetzt nicht mehr im Waggon befand, sondern einige Meter entfernt in einer Schlammkuhle steckte. Peter war anscheinend mitsamt der Bank durch die Wucht des Aufpralls genau wie Bob durch ein Fenster geflogen. Um die Bank herum drängten sich einige rosa Schweine, die neugierig an dem Zweiten Detektiv schnupperten. Besonders das kleinste Schwein schien ihn sofort ins Herz geschlossen zu haben und grunzte Peter fröhlich an.

»Na, Zweiter, wie es aussieht, hast du ja alles gut überstanden und auch noch neue Freunde gefunden.« Justus lachte, während er ungelenk aus dem Waggon kletterte.

Auch Bob wollte gerade losprusten, doch er verstummte schlagartig, als etwas durch die Luft auf ihn zugeflogen kam. Im nächsten Moment krachte vor ihm eine vierzinkige Mistgabel in den Boden und blieb zitternd darin stecken.
»Die nächste Gabel trifft deinen Kumpel in seinen Hintern!«, rief eine heisere Stimme. »Was habt ihr hier zu suchen? Niemand betritt die Farm der Mistgabelzwillinge ohne Erlaubnis!« Vor den drei ??? standen zwei kräftige, rotbärtige Farmer in blauen Latzhosen, auf die ihre Namen gestickt waren.
»Wir sind Billybob und Willybob!«, sagten sie gleichzeitig. Billybob trug eine knallrote Baseballkappe und Willybob eine Fellmütze, an der noch Kopf und Pfoten eines erlegten Waschbären hingen.
Bob und Peter starrten die beiden Farmer entgeistert an.
Nur Justus behielt die Fassung. »Äh, Sir, genau genommen haben wir Ihre Farm nicht betreten, sondern sie mit einem öffentlichen Verkehrsmittel, nämlich dieser Eisenbahn, angeflogen … Wir wollten Ihnen keineswegs Umstände machen.«
»Na, so was, ein Schlauberger aus der Stadt. Wenn du so neunmalklug bist, dann verrate mir mal, wer uns jetzt unsere Scheune bezahlt?«, brummte Billybob.
»Und außerdem habt ihr unsere Schweine erschreckt«, ergänzte sein Bruder näselnd. »Die mögen nämlich keine Fremden wie euch.«
Justus blickte auf den Zweiten Detektiv, dem das kleine Ferkel

nicht mehr von der Seite weichen wollte. »Nun ja, wenn ich es richtig interpretiere, scheinen sich die Tiere über den Besuch meines Kollegen eher zu freuen.«

»Werd mal nicht frech! Ihr könnt froh sein, dass ihr uns getroffen habt und nicht Opa Jimbob. Der hätte euch mit seiner alten Kettensäge längst eine Rasur verpasst«, raunte Billybob und spuckte neben sich auf den Boden.

Willybob kicherte. Dann warf er einen Blick auf den Waggon, der hinter den Jungs im Misthaufen steckte. »Wir behalten den Bahnwagen als Ersatz für die Scheune, vielleicht können wir daraus einen neuen Schweinestall bauen. Oder ein Klohäuschen für Opa Jimbob!« Wieder lachte er. Dabei wackelte seine Mütze, als müsste der Waschbär auch lachen.

»Und nun schert euch von unserem Grundstück«, brummte Billybob und hob drohend seine Mistgabel. »Wenn wir euch hier noch einmal erwischen, setzt es was mit diesem vierzinkigen Zahnstocher.« Der Farmer ging auf die drei ??? zu und mit einer Schnelligkeit, die man ihm nicht zugetraut hätte, hielt er Justus die Forke wenige Zentimeter vor die Nase.

Der wich erschrocken zurück. »Natürlich, meine Herren! Bitte entschuldigen Sie unseren unangekündigten Besuch.«

»Na, dann verschwindet! Aber zack, zack!«, brüllte Billybob. »Habt ihr nicht gehört, ihr Stadtdeppen? Oder soll ich euch Beine machen? Los, beweg dich, Dickwanst!«

Die Detektive rannten los.

Doch Peter konnte das so nicht stehen lassen und drehte sich noch mal um. »Hey, niemand nennt meinen Freund Dickwanst! So was sagt man einfach nicht. Sehen Sie sich lieber mal Ihre Fellmütze an! Die sieht aus, als würde sich auf Ihrem Kopf gerade ein tollwütiger Waschbär in die Hose machen!«

Die Gesichter der Farmer wurden rot vor Wut. Wie zwei Dampflokomotiven stürmten sie auf die Jungs zu. »Jetzt seid ihr dran!«, rief Willybob und machte sich bereit, seine Mistgabel zu werfen.

RÄTSEL 3 – Labyrinth

Nun heißt es wegrennen! Hilf den drei ???, den richtigen Fluchtweg zu finden.

ZIEL
START
Uropa
Lio

»Der Finstere Verkünder!«, ertönte eine Frauenstimme aus dem Radio. »Das ist der Name eines Maskierten, der in Pasadena Erdrutsche per Videobotschaft vorhersagt und die Menschen in Angst und Schrecken versetzt. Stellen diese Erdrutsche auch eine Gefahr für die öffentlichen Verkehrsmittel dar? Dazu haben wir jetzt im Telefoninterview Simon Stonebridge, den Geschäftsführer der Los Angeles Metro. Mr Stonebridge, was halten Sie von den Vorfällen? Haben Sie Angst, dass Ihr Unternehmen noch mehr Fahrgäste verliert?«
»Hey, der Typ ist der Chef von der Firma, zu der wir gerade unterwegs sind«, bemerkte Bob von der Rückbank aus.
»Ja, seid mal leise. Ich will hören, was er sagt.« Justus drehte die Lautstärke höher.
»... Erdrutsche kommen immer mal vor. Damit können wir umgehen. Deswegen würde ich dem Ganzen nicht allzu viel Bedeutung beimessen. Die Sicherheit unserer Fahrgäste ist zu jeder Zeit gewährleistet«, hörten sie eine raue Stimme aus dem Radio.
Die Journalistin fragte weiter: »Ihr Unternehmen baut ja gerade neue Strecken in Pasadena, um wieder attraktiver zu werden. Und jetzt bricht plötzlich die Erde ein. Behindert das nicht die Arbeiten?«
»Wie gesagt: Diese Einstürze sind nicht weiter schlimm für die LA Metro. Tatsächlich sind die öffentlichen Verkehrsmittel so sicher wie noch nie. Ich wünsche allen da draußen eine gute

Fahrt! So, mehr habe ich nicht zu sagen. Aber ganz ehrlich unter uns, ich halte gar nichts von dem Verkünder. Von einem Spinner im Kostüm lassen sich doch nur Idioten beeinflussen. Aber das schneiden Sie bitte aus unserem Interview raus.«

»Entschuldigen Sie, Mr Stonebridge, wir sind gerade live auf Sendung!«

»Ähhh, ja, wie auch immer, das Interview ist jetzt beendet.«

»Gut, also … danke, dann machen wir mal weiter mit Werbung.«

Justus stellte das Radio ab.

»Ganz schön schräg, diese Verkündersache«, bemerkte Peter. »Und da wären wir auch schon bei der LA Metro.« Er steuerte seinen Wagen auf den Parkplatz.

Wenig später standen die drei Jungen im Vorzimmer ebenjenes Geschäftsführers der Verkehrsgesellschaft, den sie gerade im Radiointerview gehört hatten, Mr Simon Stonebridge.

Seine Mitarbeiterin blickte hinter ihrem Schreibtisch hervor. »Hallo, Jungs, mein Chef telefoniert gerade. Wenn ihr etwas Geduld habt, könnt ihr aber eventuell kurz mit ihm sprechen, bevor er zum Mittagessen geht. Wen darf ich ankündigen?«

»Wir sind die drei ???. Wir sind Detektive und möchten Mr Stonebridge in einer dringenden Angelegenheit sprechen. Für einen aktuellen Fall benötigen wir Einblick in das Archiv Ihrer Firma«, erklärte Justus.

Bevor die Sekretärin antworten konnte, erklang hinter Justus, Peter und Bob eine tiefe Frauenstimme: »Meine jungen Herren, da werdet ihr leider warten müssen!«
Überrascht drehten sich die drei ??? um. Hinter ihnen stand eine ältere Dame mit hochtoupierten weißblonden Haaren. Sie trug ein lilafarbenes Kostüm und war über und über mit Goldschmuck behangen. »Eine Crystal Coldwell lässt man nicht warten«, raunte sie. »Ich vertrete viele fleißige Geschäftsleute in Pasadena und habe keine Zeit für Kinderkram. Denn mein Motto lautet: Zeit ist Geld und Geld ist Gold!«
Neben ihr stand ein etwas verunsichert blickender Golden Retriever, dem offensichtlich die Last seines goldenen Halsbandes zu schaffen machte. Und wiederum daneben stand ein schüchtern aussehender Mann um die vierzig, der einen ähnlichen Gesichtausdruck wie der Hund hatte.
»Verzeihen Sie, Madam, wir wollen nicht unhöflich sein, aber wir waren vor Ihnen da«, warf Justus ein.
»Psst, rede etwas leiser. Du erschreckst sonst Emiliano«, erwiderte die resolute Dame und zeigte auf ihren Hund.
Die Assistentin schaltete sich dazwischen: »Mrs Coldwell, danke, dass Sie uns so kurzfristig helfen wollen. Mr Stonebridge erwartet Sie bereits. Den Hund dürfen Sie aber nicht mit reinnehmen. Mr Stonebridge mag keine Hunde.«
Mrs Coldwell ließ sich ihren Unmut darüber nur kurz anmerken, dann drückte sie dem Mann an ihrer Seite die

Hundeleine in die Hand. »Hier, Ashton, pass solange gut auf meinen Emiliano auf!«

»Ja, Mutter.«

»Wenn sein Magen knurrt, gibst du ihm sofort ein Leckerli. Mein kleiner Liebling darf auf gar keinen Fall Hunger leiden.«

»Natürlich, Mutter.«

Crystal Coldwell rümpfte die Nase, während sie schnurstracks an den Jungen vorbei ins Büro von Mr Stonebridge marschierte. Der Hund winselte leise, als sich die Bürotür schloss.

Stonebridges Assistentin stand auf und streichelte ihn am Kopf. »Ist ja gut, mein Hundilein!«

Einige Zeit später öffnete sich die Bürotür wieder. Mrs Coldwell kam heraus und rief über ihre Schulter: »Gut, dass Sie über unser Hilfsangebot nachdenken, Mr Stonebridge. Kommen Sie doch morgen zur Galaveranstaltung unseres Clubs für alle Grundstücksbesitzer in Pasadena, da können wir noch mal über den Verkauf sprechen. Dort gibt es auch faire Kreditangebote für notleidende Unternehmen wie Ihres. Ich lasse Ihrer Sekretärin von der Bank die Vertragsunterlagen vorab zur Einsicht zuschicken.«

Während Crystal Coldwell gefolgt von ihrem Hund und ihrem Sohn an den drei Detektiven vorbeimarschierte und aus der Tür rauschte, murmelte Bob: »Ich glaube, ich kenne die Frau aus der Zeitung. Sie ist die Chefin des Unternehmerclubs von Pasadena und besitzt selbst eine Immobilienfirma. Sie spendet seit Jahren immer wieder große Summen für wohltätige Zwecke.«

»Ganz richtig. Und momentan hilft der Unternehmerclub den Grundstücksbesitzern, die wegen dieses Verkünders ihre bedrohten Immobilien loswerden wollen. Das ist auch eine Gelegenheit für unsere Firma, denn die LA Metro hat momentan wenig Geld«, flüsterte Stonebridges Assistentin. »Da bietet es sich an, ein paar Grundstücke zu verkaufen.«

Im selben Moment öffnete sich die Tür erneut und Mr Stonebridge steckte den Kopf heraus.

Justus sprach ihn direkt an. »Sir, hätten Sie vielleicht einen Moment für uns?«

Mr Stonebridge warf den Jungen einen genervten Blick zu. »Was wollt ihr denn?«

5. Kapitel – Wurfpost

»Darf ich uns vorstellen, Sir, wir sind die drei ???. Hier ist unsere Visitenkarte!« Justus griff in seine Jackentasche und holte sein Portemonnaie heraus.

Der Mann schaute den Ersten Detektiv herablassend an. »Und wenn ihr die drei heiligen Könige wärt – das ist mir egal. Behaltet mal eure Karte.«

Resigniert steckte Justus seine Brieftasche wieder weg und setzte erneut an: »Nun, Sir, wir sind anerkannte Detektive aus Rocky Beach und haben schon viele mysteriöse Fälle gelöst. Wir unterstützen dort offiziell die Polizei …«

Der Mann stutzte für einen Augenblick. »Ach so, die Polizei … ähm … okay, meinetwegen, kommt rein. Aber macht es kurz, ich habe zu tun.« Er winkte die Jungs hastig in sein Büro. Justus fielen sofort einige Baupläne ins Auge, die an den Wänden hingen. Zudem bezeugten Fotos und Pokale, dass der Geschäftsführer in früheren Jahren einmal ein recht erfolgreicher Baseballspieler gewesen sein musste.

»Was genau führt euch denn zu mir?«, begann Mr Stonebridge.

»Was wissen Sie über die alte Paradise Station, Sir?«, fragte Justus direkt.

Der Mann sah ihn erstaunt an. »Das ist ein unschönes Kapitel in der Geschichte der LA Metro. Allerdings war das lange vor meiner Zeit. Ich habe davon nicht viel Ahnung.«

Justus runzelte die Stirn, denn genau hinter Mr Stonebridge stand ein Ordner mit der Aufschrift ›Paradise Station‹ im Regal. Er öffnete schon den Mund, um nachzufragen, da hörten sie Stimmen vom Parkplatz. Die drei Jungen und Mr Stonebridge warfen einen Blick aus dem Fenster. Crystal Coldwell stieg gerade mit ihrem Sohn in einen goldfarbenen Oldtimer. Bevor ihr Hund auf den Beifahrersitz des altmodischen Autos sprang, hob er sein Bein und pinkelte an Peters ohnehin schon ramponierten MG, der direkt daneben geparkt war.

»Ach nee, das ist doch nicht wahr, oder?«, stöhnte Peter.

Mr Stonebridge lachte leise. »Ist das dein Auto? Du solltest überlegen, auf die öffentlichen Verkehrsmittel umzusteigen.« Dann fror sein Gesichtsausdruck plötzlich ein. »Einen Moment mal! Ihr kommt hier einfach rein und wollt euch als Detektive aufspielen? Dabei fahrt ihr mit einem schrottreifen Auto durch die Gegend, tragt Heftpflaster im Gesicht, und ich glaube, einer von euch hat Mist am Schuh. Es riecht zumindest so. Und dann fragt ihr mich aus? Da stimmt doch was nicht! Habt ihr euch etwa hier eingeschlichen, um mich auszuspionieren?«

»Nein, ganz im Gegenteil, wir sind Detektive, wie gesagt …«, versuchte Justus zu erklären.

Doch Mr Stonebridge ließ ihn nicht ausreden. »Ha! Dass ich nicht lache! Von mir erfahrt ihr nichts mehr.« Im selben Moment ertönte das Geräusch einer eingehenden E-Mail.

Wieder zuckte Mr Stonebridge zusammen. »Ihr verschwendet meine Zeit. Verlasst umgehend mein Büro!« Stonebridges Gesicht verhärtete sich und er wies zur Tür.

»Danke für das nette Gespräch!«, zischte Peter leise, als die Tür hinter ihnen ins Schloss fiel.

Unschlüssig standen die drei Detektive einen Moment davor. Peter und Justus wollten schon in Richtung Ausgang gehen, da hielt Bob sie zurück. »Ich glaube, ich habe auf dem Monitor gesehen, dass Stonebridge von seiner Assistentin ein Video des Verkünders weitergeleitet bekommen hat«, sagte er leise. »Wenn er es uns nicht zeigen will, bleibt immer noch ein besonderer Recherchetrick!« Er setzte sein charmantestes Lächeln auf, fuhr sich durch die Haare und ging auf die Mitarbeiterin von Mr Stonebridge zu. Kurz warf er einen Blick auf ihr Namensschild. »Mrs Turner, Ihr Boss hat uns beauftragt, der Geschichte mit dem Verkünder nachzugehen. Weil er wenig Zeit hat, bittet er Sie, uns das Video, das er gerade erhalten hat, zu zeigen.«

Die Sekretärin schaute erst überrascht, dann setzte auch sie ein ausgesprochen freundliches Lächeln auf. »Du bist so ein netter junger Mann!«

Bob drehte sich um und zwinkerte seinen Kollegen zu.

Die Frau sprach weiter: »Warum erzählst du mir dann solchen Blödsinn? Verkauf mich bitte nicht für dumm!«

Bob fuhr zusammen.

»Mein Boss ist ein unfreundlicher Kleingeist, er würde euch nie beauftragen. Er vertraut niemandem. Das bedeutet, dass du mich gerade angelogen hast!«

»Aber … also … wir …«, stammelte nun Peter.

»Nun mach du dir nicht auch noch ins Hemd! Ich helfe euch ja trotzdem. Denn hier ist wirklich etwas faul: Aufgrund der massiv gestiegenen Baustellenkosten ist unser Unternehmen fast pleite. Es gibt bereits einige Entlassungen. Ich stehe auch auf der Kündigungsliste und schaue mich schon nach einem neuen Job um. Aber damit sieht es nicht gut aus, deshalb würde ich gerne meine Anstellung hier behalten. Und jetzt kommen auch noch diese Verkündervideos dazu! Ihr seid zwar schlechte Lügner, aber, wie es aussieht, gute Detektive. Während ihr im Büro gewesen seid, habe ich über euch recherchiert. Ihr wart schon oft in der Zeitung und habt in Rocky Beach einige interessante Fälle aufgeklärt. Ich helfe euch, wenn ihr euch daranmacht, Licht in die Sache mit dem Finsteren Verkünder zu bringen. Allerdings müssen wir zuerst meinen Chef loswerden. Er hat ohnehin gleich Pause. Setzt euch solange nebenan in den Wartebereich.«

Von dort hörten sie kurz darauf, wie Mrs Turner ein Telefonat führte: »Mr Stonebridge, ich habe Ihnen einen Platz fürs Mittagessen reserviert. In fünf Minuten müssten Sie dort sein, es ist heute viel los in *Enzos Nudelpalast*.«

Nachdem Mr Stonebridge im Eilschritt das Büro verlassen hatte und im Treppenhaus verschwunden war, winkte Mrs Turner die Jungs wieder zu sich. »Nun lasst uns das Video mal anschauen.«

Justus strahlte. »Vielen Dank für Ihre Hilfe! Könnten Sie den Monitor etwas drehen?«

Der Bildschirm zeigte erst ein Rauschen, dann wurde eine Schrift eingeblendet: ›Video Nr. 5‹, stand dort geschrieben. Es war offensichtlich ein neues Video des Finsteren Verkünders. Die mysteriöse Gestalt aus dem vorigen Video erschien. Theatralisch hob sie die Arme in die Luft und begann, mit gruselig verzerrter Stimme zu sprechen:

»Sünder, Sünder, höret den Verkünder!
Ein Unglück wird die ihrer Leben berauben,
die nicht an den Verkünder glauben.
Wer auf die Seite des Verkünders kommt,
der wird belohnt, sein Haus verschont.
Meidet den verwunschenen Teil der Stadt,
der nichts als karge Hügel hat.
Dass der Verkünder stets die Wahrheit spricht,
seht ihr, wenn gleich erneut die Erde aufbricht.«

Im Film erschien ein Wohnhaus mit blauem Dach. Zunächst fiel nur eine Mülltonne um, dann eine Palme und schließlich riss der Boden auf. Ein Teil des Hauses brach ab und versank im Untergrund. Zurück blieb ein halbes Gebäude, das an ein offenes Puppenhaus erinnerte, bei dem man in das Innere der Räume sehen konnte. Dazu hörte man den Verkünder mit den Worten:

»Von begrabenen Seelen bin ich ein finsterer Rächer,
bald trifft es eins der roten Dächer.«

Zuletzt rutschte auch der Rest des Gebäudes in den Abgrund, bis nichts mehr davon zu sehen war.
»Das würde ich gern mal mit dem Haus meines Ex-Mannes machen«, bemerkte Mrs Turner trocken, als das Video zu Ende war. »Dieser Idiot hat mich letztes Jahr für ein zwanzigjähriges Model verlassen. Ich wünschte, er würde zur Hölle fahren!«
Bob sah sie überrascht an.
Peter hingegen starrte immer noch kreidebleich auf den Monitor. Sein Mund bewegte sich kaum, als er sprach: »Das ist unglaublich, dieser Verkünder hatte recht. Das Dach war wirklich blau, genau wie er es im vorigen Video angekündigt hat. Als Nächstes trifft es ein rotes Dach, wie beim Haus meiner Eltern! Oh nein, hoffentlich haben wir nicht gesündigt, sonst holt er uns auch!«
Justus war wesentlich gefasster. »Peter, die schwerste Sünde, die ich hier sehe, wäre, wenn wir uns von diesem Quatsch

beeinflussen ließen. Detektive sollten stets sachlich bleiben. Dass der Verkünder treffenderweise ein blaues Dach vorhergesagt hat, hat nichts mit Magie zu tun. Im Gegenteil: Es spricht dafür, dass er die Einstürze selbst herbeiführt. Wie er das macht, ist derzeit noch nicht zu erklären. Ich denke aber, es ist nur eine Frage der Zeit, bis wir das herausfinden.«

Mrs Turner warf den drei ??? einen nachdenklichen Blick zu. »Diese Verkündersache nimmt immer größere Ausmaße an. Ich möchte wirklich, dass ihr deswegen ermittelt. Kann ich euch damit beauftragen?«

Justus freute sich. »Natürlich, gerne. Wissen Sie, unser Firmenmotto ist ohnehin ›Wir übernehmen jeden Fall‹. Darf ich Ihnen unsere Visitenkarte überreichen?« Er holte das Kärtchen aus seiner Brieftasche und hielt es ihr hin.

Mrs Turner betrachtete die Visitenkarte interessiert und las, was darauf stand.

Dann lächelte sie. »Die Karte brauche ich nicht, danke. Ich habe ein gutes Gedächtnis.«
Verwundert zog der Erste Detektiv seine Augenbrauen zusammen und steckte die Karte wieder in seine Brieftasche.
»Nicht traurig sein, Just. Wer weiß, wozu die Karte noch mal nützlich sein wird«, tröstete ihn Peter.
Justus zuckte mit den Schultern. »Ich glaube, Mr Stonebridge weiß mehr, als er sagt. Er hat gelogen, als er uns erzählt hat, dass ihn die Paradise Station nicht interessiert. Wenn es wirklich so wäre, hätte er wohl kaum einen ganzen Ordner dazu in seinem Regal stehen.«
»Ganz richtig!« Mrs Turner lächelte. »Ich habe Tage im Archiv zugebracht, um die Unterlagen für ihn herauszusuchen. Zudem hab ich alle bisherigen Einstürze, bis auf den heutigen, in eine Karte eingetragen. Das liegt alles im Ordner.«
»Diesen Ordner müssen wir uns ansehen!«, rief Bob begeistert. »Und danach schauen wir uns die alte Paradise Station an.«

Mrs Turner blickte auf ihre Armbanduhr. »Na, dann schnappt euch den Ordner. Im Gang steht ein Kopierer. Ich gehe Mittag essen und weiß von nichts.« Sie stand auf, nahm sich ihre Handtasche und verließ das Vorzimmer.
Schnell huschte Bob in Mr Stonebridges Büro. Kurze Zeit später kam er zurück und blätterte den Ordner durch. »Hier drin sind alte Baupläne, Aufzeichnungen, einige Presseartikel, Rechnungen und so was. Von den Unterlagen mache ich mal Fotos, und die größeren Pläne sollten wir definitiv kopieren!«
Aber als der dritte Detektiv zum Kopierer ging, sah er ein Lämpchen leuchten: Papierstau …

Rätsel 6 – Papierstau!

Mist, ein Blatt steckt im Kopierer fest Kannst du es herausziehen? Das bringt etwas ins Rollen …

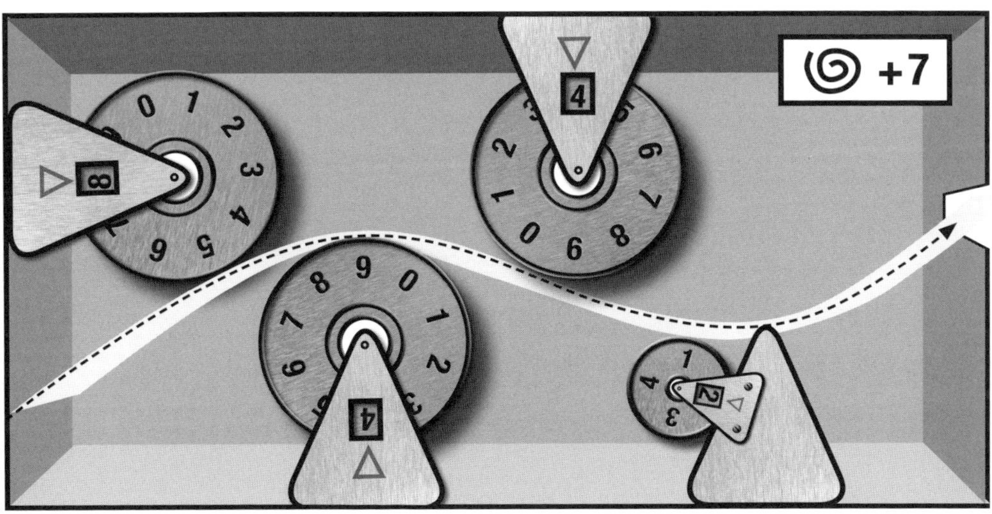

»›Und du darfst gehen‹? Was soll das heißen?«, grübelte Bob. Dann aber fiel ihm etwas auf. »Im Gedicht gibt es eine Mine, eine Farm mit Tieren und einen Bahnhof! Genau wie bei der Modelleisenbahn!«
»Und da sind Lokomotiven und Waggons!«, ergänzte Peter aufgeregt.
Justus warf ebenfalls einen kurzen Blick auf den Text. Dann nahm er einen orangefarbenen Waggon und setzte ihn vor die Mine. Es klickte leise in der Wand hinter dem Schrank. Schnell griff er nach dem blauen Waggon und stellte ihn auf die Gleise vor die Farm. Wieder klickte es.
»Und jetzt noch die Lok«, flüsterte Peter aufgeregt.
Bob ging währenddessen zur Flügeltür und spähte nach unten, dann drehte er sich um: »Beeilt euch! Ashton Coldwell kommt gerade die Treppe hoch!«

8. Kapitel – Vergiss mein nicht

Die Schritte kamen näher.

Als Justus die Lok vor den Bahnhof setzte, klickte es erneut. Dann rumpelte es und plötzlich schob sich die Rückwand des Schranks zur Seite. Und dahinter … öffnete sich ein Durchgang in der Wand!

»Eine Geheimtür!«, jubelte Peter und schlüpfte als Erster rechts an der Eisenbahn vorbei durch den Schrank. Justus folgte, dann Bob, der schnell noch die Schranktür hinter sich zuzog. Im selben Moment hörten sie, wie Ashton das Zimmer betrat, offenbar suchend darin umherging und es dann schnellen Schrittes wieder verließ.

Der dritte Detektiv atmete auf. »Er ist weg, Glück gehabt.«

Sie schalteten die Taschenlampen ihrer Handys an und sahen sich um. Hinter der Geheimtür führte eine steile Treppe nach oben. Vorsichtig stiegen Justus, Peter und Bob die verstaubten Stufen hoch.

»Wow!«, staunte der dritte Detektiv, als sie ein lichtdurchflutetes Dachzimmer betraten. »Schaut mal, an der Wand hängt ein alter Kalender – der ist über hundert Jahre alt. Ob hier seitdem niemand mehr war?«

»Sieht so aus. Respekt, hier wurde ein kompletter Raum zwischen zwei Gebäudeflügeln versteckt.« Justus stupste mit dem Finger gegen einige Flugzeugmodelle aus Papier, die von der

Decke hingen. »Bei einem Anwesen dieser Größe fällt ein verborgenes Zimmer gar nicht auf. Dabei ist es ein durchaus großzügiges Arbeitszimmer.«

Die drei ??? stöberten neugierig herum. Auf dem Tisch stand ein einfacher grauer Pappkarton, um den eine schmuckvolle Schleife gebunden war.

Bob entdeckte einen Zettel, der ebenfalls daran angebracht war. »Das sieht aus wie die Handschrift von Pauline Livingston. ›Willkommen in der Stube, stolzer Ritter mit der Rüstung aus Papier‹«, las er. »Hier sind wir richtig! Diese Nachricht hat sehr lange auf Samuel Knight gewartet. Und nun nach all der Zeit haben wir sie gefunden! Vielleicht können wir das Geheimnis lüften, von dem Pauline Livingston geschrieben hat.«

Neugierig öffnete Bob den Karton. »Hier drin sind ein alter Zeitungsartikel, ein Foto, zwei Kinokarten und ein Kreuzworträtsel. Aber keine weitere Nachricht von ihr.«

Sofort machten Bob und Peter sich daran, den Inhalt des Kartons genauer zu untersuchen, während Justus fasziniert zu einer Zeichnung ging, die an der Wand hing.

»Interessant. Hier hängt ein Konstruktionsplan von Pauline für einen unterirdischen Stromgenerator mit Wasserkraft. Sieht so aus, als sollte mithilfe eines unterirdischen Flusses die Paradise Station mit Strom versorgt werden. Das ist beeindruckend, offenbar war diese Frau wirklich eine herausragende Ingenieurin.«

»Seht euch mal das hier an«, warf Peter ein. »Dieses Foto ist lustig! Da steht ›Ich und Hans Dampf und meine zwei Töchter‹ hintendrauf.«
Auf dem Foto war Lionel Livingston mit seinen beiden erwachsenen Töchtern Pauline und Lucinda auf einem Fabrikgelände vor einem Dampfbagger zu sehen. Daneben stand ein sehr muskulöser Mitarbeiter, der einen Schmiedehammer über der Schulter trug.
Peter war beeindruckt. »Ein ganz schöner Brocken, dieser Hans Dampf. Der könnte heute Meister im Bodybuilding sein.«
»Stimmt! Ein Bodybuilder mit einer Pfeife im Mund. Die sieht

aus wie ein Schornstein, wo Rauch rauskommt.« Bob lachte. »Und hört euch das an, ich lese euch mal diesen Zeitungsartikel vor.«

> **Finsterer Verkünder endlich festgenommen – für das Gericht ist er ein gefährlicher Verrückter**
>
> Heute wurde Clifford Miller, der ehemalige Anführer der Arbeiterproteste bei der Bahngesellschaft, verhaftet. Ihm wird vorgeworfen, der ›Finstere Verkünder‹ zu sein, nachdem bei ihm ein Verkünderkostüm gefunden wurde. Er soll als solcher für den Einsturz der Paradise Station verantwortlich sein, bei dem mehrere Menschen verschüttet und verletzt wurden. Pasadena atmet nun auf, nachdem Miller hinter Schloss und Riegel sitzt. SAMUEL KNIGHT

»Ein Zeitungsartikel von dem ›Ritter‹ selbst, hmmm …« Justus kratzte sich am Kopf. »Diese Dinge sind alle nicht ohne Grund in der Kiste. Wir müssen sehen, wie wir aus diesen Hinweisen schlau werden. Irgendetwas will Pauline uns damit sagen! Am besten fangen wir mit dem Kreuzworträtsel an.«

Rätsel 11 – Kreuzworträtsel

Worauf will Pauline mit ihren Hinweisen hinaus? Fülle das Kreuzworträtsel aus!

Ⓐ **Hans …**

Ⓑ **Rüstung aus …**

Ⓒ **… im Mund**

Ⓓ **… Verkünder**

Ⓔ **… Station**

Ⓕ **Wer atmet auf?**

Ⓖ **Samuel …**

Ⓗ **… Miller**

Ⓘ **verschüttet und …**

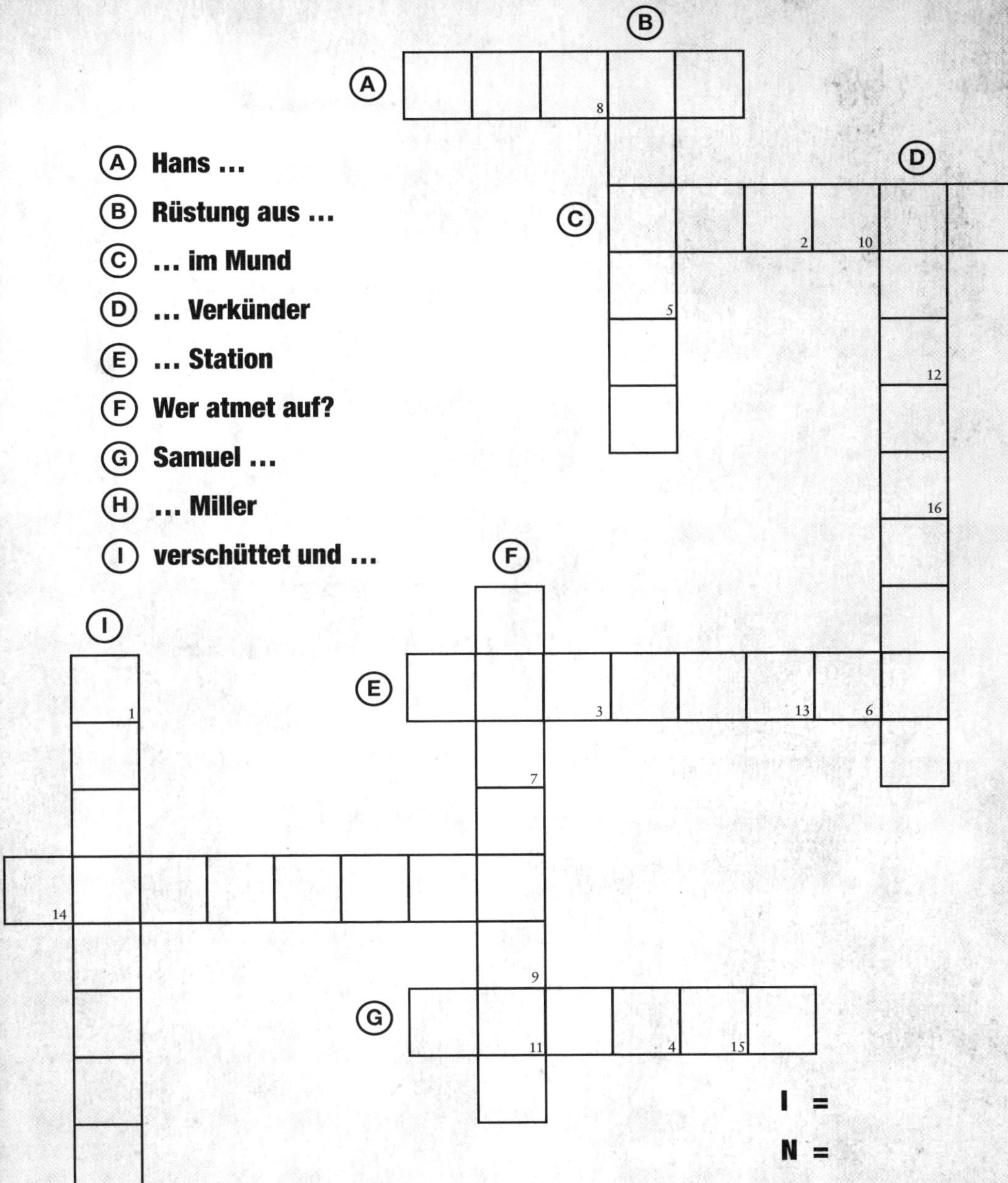

I =

N =

H =

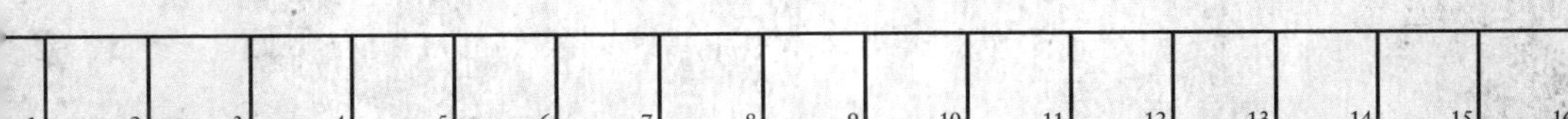

Die drei Detektive klammerten sich mit aller Kraft fest. Justus sah seine beiden Freunde an und nickte langsam. Er war ganz gefasst und sagte feierlich: »Es war mir eine Freude, euch zu kennen. Ihr seid nicht nur meine Kollegen, ihr seid auch meine besten –«

Weiter kam er nicht. Ein ohrenbetäubender Schlag erschütterte den Waggon, als er auf die Wand traf. Schützend rissen die drei Detektive ihre Arme hoch und bedeckten ihre Gesichter. Es zersplitterten mehrere Fenster. Ganze Teile der Außenverkleidung und des Daches wurden weggerissen. Scherben und Gesteinsbrocken flogen durch das Abteil.

Und dann war wieder Ruhe. Nur ein gleichmäßiges Poltern war noch zu hören.

Peter blickte zuerst hoch. »Unglaublich, Leute, wir … wir rollen immer noch.«

»Ein TUNNEL, das muss ein Tunnel sein!«, rief Bob und sprang auf. »Schaut euch die Brocken an, die in den Waggon gefallen sind!« Er hatte einen kleineren Stein abbekommen und rieb sich den Kopf. »Das sind alte Backsteine. Wir sind von außen in einen zugemauerten Tunnel gekracht!«

Justus stimmte ihm zu. »Völlig richtig. Auch die Tatsache, dass wir noch am Leben sind, spricht dafür, dass wir in einen Tunnel gelangt sind. Der Waggon scheint wirklich viel auszuhalten. Ich bin beeindruckt, vor hundert Jahren wurde noch stabil gebaut.«

»Aber nicht gerade bequem«, beschwerte sich Peter, der beim Aufprall gegen eine der Holzbänke geknallt war.
Sie fuhren immer weiter in die Dunkelheit hinein. Das Licht aus der Tunnelöffnung war nun fast verschwunden, dennoch erfüllte ein gelblicher Schimmer den Innenraum.
Justus sah sich um und entdeckte einen Blechkasten. »Seht euch das mal an! Diese Glühbirnchen hier leuchten. Der Wagen scheint eine Art Dynamo zu haben. Wenn das Ding fährt, erzeugt es automatisch Strom für die Innenbeleuchtung. Vielleicht funktionieren die Scheinwerfer draußen auch noch.«
»Ja, das könnte sein.« Bob untersuchte den Stromkasten genauer. »Hier hängt so was wie eine Anleitung. Ich glaube, wir müssen diesen Schalter umlegen, um die Scheinwerfer einzuschalten. Hoffentlich sind sie bei dem Aufprall nicht zerstört worden. Mist, warum funktioniert das noch nicht? Ah, hier sind Drähte lose, die müssen wir miteinander verbinden. Hätten wir doch nur so was wie ein Stückchen Klebeband!«

Rätsel 2 – Licht an!

Schau mal, ob du den drei ??? helfen kannst, die Scheinwerfer anzuschalten. Findest du IRGENDWO etwas, mit dem sie die Drähte zusammenkleben können?

Nach einigen Umwegen erreichten die Jungen die Stelle, an der die Schienen in den Berg hineinführten. Peter parkte den Wagen in großem Abstand zu den Gleisen.
Justus schaltete seine Taschenlampe an. »Nun gut, dann lasst uns mal sehen, was wir in der Paradise Station so finden.«
Die drei ??? stiegen über die herumliegenden Backsteine und betraten den Tunnel. Vor ihnen tat sich Dunkelheit auf.
Peter sah sich zögerlich um. »Hoffentlich begegnen wir nicht dem Finsteren Verkünder!«
»Ich glaube, außer Ratten und ein paar Fledermäusen hat diesen Tunnel seit vielen Jahrzehnten niemand mehr betreten, mal abgesehen von uns gestern«, beruhigte ihn Bob.
»Na hoffentlich. Diese Höllenfahrt hat mir gereicht!« Peter schnaufte.
Immer weiter wanderten sie entlang der Gleise in den Berg hinein. Die Lichtkegel ihrer Taschenlampen schnitten helle Löcher in die Dunkelheit des verlassenen Tunnels. Schließlich erreichten sie die Bahnstation, an der sie gestern vorbeigefahren waren. Bob richtete seine Lampe auf ein eingestaubtes Schild, das auf dem Bahnsteig hing. »Paradise Station«, stand dort in altmodischer Schrift.
Peter leuchtete den Boden ab. »Dahinten liegt der andere Teil der alten Schaufensterpuppe.«
»Siehst du, kein Grund, sich zu fürchten«, bemerkte Justus.
Die drei Detektive kletterten auf den Bahnsteig.

Plötzlich rief Peter: »Schaut mal! Wie auf den Flyern angekündigt, steht hier sogar noch das Willkommens-Buffet von damals. Es ist noch komplett aufgebaut, mit goldverziertem Porzellan, echtem Silberbesteck und allem – nur unter einer Staubschicht und voll mit Spinnweben. Tja, Erster, da kommst du leider einige Jahre zu spät zum Essen.«
»Tatsächlich«, staunte auch Justus. »Damals sind wohl die Gäste, die an der neuen Station ausstiegen, gleich mit Speisen und Getränken empfangen worden. Hier unter dieser Glasglocke liegt sogar noch ein übrig gebliebenes Stück Schokoladenkuchen. Ein hundert Jahre altes Kuchenstück!« Er hob die durchsichtige Abdeckung an.
»Nicht anknabbern, Just!«, witzelte Peter. Da hatte der Erste Detektiv schon versucht, mit einer daneben liegenden Kuchengabel in den Kuchen zu piksen.
»Das Stück ist hart wie ein Backstein. Ich packe es mir als Souvenir ein. Tante Mathilda wird staunen, wenn ich ihr diese Rarität zeige.« Justus wickelte das Gebäck in ein Taschentuch und verstaute es in seinem Rucksack. Dann blickte er sich weiter um. »Ich glaube, dahinten hat der Einsturz stattgefunden. Es sieht aus, als wären dort Treppen, die nach unten führen, aber sie sind völlig mit Felsbrocken blockiert. Da ist kein Durchkommen mehr.«
Bob blickte in sein Handy. »Laut Stonebridges Unterlagen ging es dort runter zu einer Einkaufspassage, die zur Station

gehörte. Aber alles, was dahinter liegt, ist wohl verschüttet. Wir stehen hier vermutlich im einzig erhaltenen Teil der Paradise Station.«

Justus nickte. »Dann ist jetzt erst mal Zeit für eine kleine Pause, würde ich sagen. Der Gedanke an das leckere Buffet von damals hat mich offen gestanden etwas hungrig gemacht.«

»Lieber nicht, Erster«, widersprach Peter. »Wir sollten hier drin nicht unnötig Zeit verbringen. Ich bin froh, wenn wir wieder Tageslicht sehen.«

»Nur ein kleines Sandwich. Seht mal, an dieser Bank hängt noch ein Schild: ›Vorsicht, frisch gestrichen!‹ Na, die Farbe müsste ja nach hundert Jahren langsam getrocknet sein.« Justus ließ sich mit Schwung auf die Bank plumpsen. Voller Vorfreude packte er ein belegtes Brot aus seinem Rucksack, lehnte sich nach vorne und wollte gerade zubeißen. Da klickte etwas.

»Was war das für ein Geräusch?«, fragte Peter. »Hast du dich so auf diese historische Sitzgelegenheit geworfen, dass sie gleich angeknackst ist?«

Bob warf einen Blick unter die Bank. »Nein, es sieht so aus, als hätte Justus diese alte Steinplatte, auf der die Bank steht, etwas hinuntergedrückt. Das kommt mir fast vor wie ein großer Schalter.« Bob sah sich um. »Vielleicht hast du damit irgendetwas ausgelöst, Erster … Nur was?«

Direkt nachdem Bob den Satz beendet hatte, zog Nebel auf und ein Scheinwerfer sprang an. Vor der Wand auf der anderen

Seite des Bahnsteigs erschien schmenenhaft der Verkünder. Mit knarriger Stimme rief er:

»Lauft, ihr Narren!
Hinfort mit euch, macht euch zur Flucht bereit.
Bis zum Einsturz bleibt nur wenig Zeit!«

Justus sprang auf, aber da war der Verkünder schon wieder verschwunden.
»Einsturz? Das hört sich gar nicht gut an«, rief Peter entsetzt.
»Ja, wir sollten die Warnung ernst nehmen«, stimmte Bob zu. »Lasst uns abhauen!«
Die drei ??? sprangen auf und kletterten den Bahnsteig hinunter. Als die Detektive bereits ein Stück auf den Gleisen Richtung Ausgang zurückgelegt hatten, hallte ein tiefes Donnern durch den Tunnel. Bob blickte zurück und sah, wie sich hinter ihnen in der Decke Risse ausbreiteten wie ein Spinnennetz. Und da schlug auch schon der erste Stein auf den Bahnsteig.
Justus zog seinen Freund am Arm. »Das war eine Sprengung! Die Decke stürzt ein! RAUS HIER!« So schnell sie konnten, sprinteten sie Richtung Ausgang.
Eine riesige Staubwolke bildete sich, während Steine hinter ihnen herabregneten. Die drei Detektive rissen beim Laufen schützend ihre Arme hoch. Doch dann stolperte Bob und fiel der Länge nach hin. Augenblicklich hoben Peter und Justus

ihn an den Schultern wieder hoch auf die Beine und zogen ihn mit sich. Da krachte genau an dem Ort, an dem der dritte Detektiv gerade noch gelegen hatte, ein mächtiger Felsbrocken auf die Gleise. Ohne noch einmal nach hinten zu blicken, rannten sie bis zur eingestürzten Mauer.
Als sie durch den Ausgang stolperten, strahlte ihnen unwirklich die Sonne entgegen. Hinter ihnen donnerte es noch einmal gewaltig, dann quoll eine Staubwolke aus dem Tunnel hervor. Als der Dunst sich legte, gab er den Blick frei auf riesige Felsbrocken, die den Zugang in den Berg endgültig blockierten.

Auf der Rückfahrt nach Rocky Beach ließen sich die drei ??? die Geschehnisse noch mal durch den Kopf gehen.
»Unglaublich, dass der Finstere Verkünder gerade heute in der Station aufgetaucht ist!«, sagte Peter immer noch fassungslos.
»Zweiter, das, was wir gesehen haben, war nicht der Verkünder oder irgendein Geist. Vermutlich handelte es sich um eine Projektion, wie man sie aus Kinos kennt. Parallel dazu wurde eine Tonaufnahme geschaltet«, erklärte Justus, während er ein zweites Sandwich aus seinem Rucksack kramte.
Bob stimmte zu. »Das war ein Film, der als Warnung auf die Wand projiziert wurde … Nicht für uns, sondern für die Gäste der Eröffnung vor hundert Jahren. Durch die Steinplatte unter der Bank wurde die Sprengung ausgelöst.«
Justus biss in sein Brot und sagte kauend: »Ja, dieser Teil des

Tunnels sollte wohl wie der Rest der Paradise Station schon damals zerstört werden. Dann aber hat jemand die Bank vor der Eröffnung frisch gestrichen und ein Schild drangehängt. Dadurch hat sich am Unglückstag niemand draufgesetzt und die Sprengung wurde nicht ausgelöst. Diese Ecke der alten Station hat hundert Jahre unbeschadet überstanden. Zumindest bis zu dem Moment, wo ich mich auf die Bank gesetzt habe.«

Als sie wieder beim Schrottplatz ankamen, begrüßte Onkel Titus die Jungs und zeigte in Richtung Veranda. Auf dem Tisch lag eine Papiertüte. »Das hat Bobs Vater vorhin für euch abgegeben. Ich soll euch schön von ihm grüßen.«

»Danke, Onkel Titus.« Justus warf einen Blick in die Tüte. »Da sind einige alte Briefe drin.«

»Und hier ist ein Zettel.« Peter faltete ihn auseinander.

Lieber Bob,

diese Briefe habe ich im Keller unserer Zeitung gefunden. Sie wurden vor fast hundert Jahren an den Journalisten Samuel Knight geschickt.

Der hat damals viel zu der Sache geschrieben. Aber nachdem der Verkünder verhaftet wurde, hat Knight sich um andere Themen gekümmert. Seine Artikel von damals kennst du bestimmt schon aus unserem Online-Archiv.

Dad

Bob schüttete den Inhalt der Papiertüte auf den Verandatisch. Justus ließ seinen Blick über die Umschläge schweifen. An einem blieb er sofort hängen.

Rätsel 8 – Wer hat da geschrieben?

Welcher Brief fällt Justus ins Auge? Ist ihm vielleicht eine der Handschriften schon einmal untergekommen?

Anne Grethe Weygel
1998 Philippinum Road
New Weilburg
NEW WEILBURG
-34-
2-21
U.S.A.
Los Angeles Post
Samuel Knight
10901 Wilshire Boulevard
Los Angeles
PASADENA
-12-
15-19
Los Angeles Post
Samuel Knight
10901 Wilshire Boulevard
Los Angeles
Chris Tauber
2020 Olive Street
Rocky Beach
ROCKY BEACH
-14-
9-18
Los Angeles Post
Samuel Knight
10901 Wilshire Boulevard
Los Angeles
PASADENA
-17-
6-45
Los Angeles Post
Samuel Knight
10901 Wilshire Boulevard
Los Angeles
Abraham Edward Norris
73 Seaview Terrace
Pasadena
PASADENA
-11-
15-42
Los Angeles Post
Samuel Knight
10901 Wilshire Boulev
Los Angeles

Die Klappe sprang auf. Zufrieden nahm Bob ein Plakat aus dem Automaten. »Hochinteressant! Neben dem Lageplan gibt es auch noch eine Karte mit dem geplanten Streckennetz der U-Bahn: ›Lionel Livingstons Vision‹. Na, dann lasst uns mal überlegen. Der Verkünder ist in diese Richtung gefahren. Wohin könnte er nur wollen?«

Justus grübelte. »Wir müssen uns die Frage stellen, was er hier vorhaben könnte. Vielleicht plant er einen neuen Einsturz! Es ist anzunehmen, dass er die Erdabsenkungen aus dem Untergrund auslöst. Wir müssen ihn aufhalten, bevor noch jemand zu Schaden kommt.« Der Erste Detektiv zeigte auf den Plan. »Vielleicht ist er auf dem Weg hierhin! An diesem zentralen Platz mit der Ausstellungsfläche beginnt das Betriebsgelände.«

Peter nickte. »Möglicherweise gibt es dort eine Baumaschine oder so was, mit der er die Einstürze herbeiführt.«

Justus nickte. »Das vermute ich auch. Lasst uns dort nachsehen. Wenn wir den Verkünder überraschen, können wir ihn vielleicht überwältigen. Dadurch, dass er bewaffnet ist, darf er uns aber nicht zuerst sehen. Also Vorsicht, Kollegen!«

Sie machten sich auf den Weg, stets bereit, hinter einem Ladenschild oder einer Ecke zu verschwinden, falls der Verkünder auftauchte. Es dauerte eine Weile, bis sie den zentralen Platz der Passage erreichten. Von der Decke, die hier etwas höher war als im Rest der Anlage, hingen prächtige Kronleuchter. Das gesamte Gewölbe wurde durch reich verzierte Säulen abgestützt. Dazwischen standen Wandtafeln mit Fotos von den Bauarbeiten der Passage. Hinter einem Schild mit der Aufschrift ›Livingstons liebste Erfindungen‹ wurden einige Ausstellungsstücke präsentiert. Peter entdeckte ein Grammofon auf einem Marmorpodest und ein dampfgetriebenes Dreirad. In der Mitte des Platzes war ein Bahnwagen ausgestellt, der auf einem Stück Schiene stand, das quer über den Platz führte. Der Wagen sah ähnlich aus wie der Höllenzug, mit dem sie ihre Achterbahnfahrt durch den Tunnel erlebt hatten. »›Der elektrische Egon‹ – die erste selbstfahrende U-Bahn«, war auf einer Infotafel zu lesen. Davor erhob sich eine lebensgroße Marmorfigur von Lionel Livingston, die stolz eine Weltkugel emporhielt. Vom Verkünder allerdings war nichts zu sehen.

»Okay, dann lasst uns mal schauen, wo es hier zum Betriebsgelände geht.« Justus machte einen Schritt nach vorne. Dabei trat er auf eine große Steinplatte, die im Boden eingelassen war. Es klickte. Justus sah hinab auf seinen Fuß. »Kollegen, ich vermute, dass ich schon wieder einen versteckten Mechanismus ausgelöst habe.«

»Oh nein! Das ist bestimmt wieder eine Sprengfalle!« Peter ging hinter einer der Säulen in Deckung.

Doch diesmal ertönte nicht die gruselig verzerrte Stimme des Verkünders, sondern ein Werbe-Jingle: »Willkommen in der Paradise-Station-Einkaufspassage, dem ersten unterirdischen Kaufhaus der Welt! Genießen Sie den Aufenthalt im Paradies.

Denn alles Gute kommt von unten! Ihr Lionel Livingston.«
Die drei Detektive schauten sich an und lachten erleichtert los.
Da peitschte plötzlich ein Schuss durch die Luft und traf einen der Kronleuchter. Glasscherben rieselten herab. Augenblicklich sprangen die Jungs hinter dem Grammofon in Deckung.
»Eine Sprengung gab es zwar nicht, aber ich fürchte, wir haben die Aufmerksamkeit des Verkünders auf uns gelenkt«, flüsterte Justus.
Nun hallte tatsächlich die gruselig verzerrte Stimme des Verkünders über den Platz: »Versucht nur zu verschwinden, überall werd ich euch finden!«
Peter lugte aus der Deckung. Dann sprang er auf, schnappte sich die Schallplatte, die auf dem alten Grammofon lag, und schleuderte sie wie eine Frisbeescheibe in die Richtung, aus der die Stimme kam.
»Aua, verdammt!«, schrie der Verkünder.
In diesem Augenblick der Ablenkung rannten die drei ??? los.
Als sie um eine Ecke bogen, zischte noch ein Schuss durch die Luft. So schnell sie konnten, sprinteten die Jungen einen Gang entlang.
»Ich dachte, wir jagen den Verkünder, stattdessen jagt er uns!«, rief Peter.
Sie bogen erneut ab, diesmal in einen schmalen Durchgang zwischen zwei Geschäften. Als sie auf der anderen Seite herauskamen, standen sie vor einer Leuchtreklame.

»Filmtheater Paradise Station«, las Justus. »Kollegen, habt ihr Lust, mit mir ins Kino zu gehen?« Der Erste Detektiv zog seine Freunde durch den Eingang in das Foyer des Lichtspielhauses. Der Empfangstresen und die riesigen Filmplakate, die in mannshohen Rahmen an den Wänden hingen, waren von Spinnweben und Staub bedeckt. In einer alten Popcornmaschine lag das Skelett einer toten Ratte.

»Wahrscheinlich hat sich das arme Tier damals überfressen! Lass dir das eine Warnung sein, Erster«, stichelte Peter und grinste Justus an.
Aber der Erste Detektiv hatte schon etwas anderes entdeckt. Er steuerte zielsicher auf einen Sicherungskasten zu und studierte die Beschriftungen. »Filmprojektor«, las er leise. »Na, dann wollen wir mal sehen, was die sich damals so im Kino angeschaut haben.«
Kurz nachdem Justus den Schalter umgelegt hatte, ertönte leise Klaviermusik aus dem Vorführraum. Neugierig betraten die drei Detektive den aufwendig mit Stofftapeten und Samtvorhängen ausgestatteten Saal. Vor mehreren Reihen gepolsterter Sitze strahlte das Licht eines Projektors Schwarz-Weiß-Bilder auf die Kinoleinwand. Eine U-Bahn fuhr auf die Kamera zu und ein flackernder Schriftzug wurde eingeblendet: »Livingstons Vision«, war dort zu lesen, worauf weitere Bilder von U-Bahnen und dem Bau der Station folgten.
Und dann sahen sie ihn. Er saß einfach mitten im Kino: der Finstere Verkünder. Sein markanter Hut ragte über einen Sitz hinaus.
Peter gab den anderen ein Zeichen und setzte sich leise in Bewegung. Reihe für Reihe näherte er sich. Er wagte es kaum zu atmen. Als er direkt hinter dem Verkünder stand, sprang er auf ihn zu. Doch was dann passierte, ließ Peter augenblicklich erstarren. Es war so erschütternd, dass der Zweite Detektiv

sich keinen Millimeter mehr bewegen konnte: Er hatte zwar den Mann zu fassen bekommen, aber als er ihn umklammern wollte, fiel dieser komplett in sich zusammen! Peter hörte nur ein Klappern, als wären einige Holzscheite zu Boden gefallen. Fassungslos hielt er den leeren Umhang des Verkünders in den Händen. Vor ihm auf dem Boden lagen der Hut, die Maske sowie ein Haufen alter Knochen. Dazwischen hervor starrten ihn die leeren Augenhöhlen eines Totenschädels an.

»AHHHHHHH!«, brüllte der Zweite Detektiv.

Schon war Justus bei ihm und legte seinem Freund die Hand auf die Schulter. »Peter, ich kann dich beruhigen, dieser unglückselige, verstorbene Herr ist offenkundig nur der damalige Verkünder. Er hat sich vermutlich – ich nehme an, beim Sprengen der Station – versehentlich selbst verletzt. Jedoch konnte er sich in dem Kostüm nicht der Polizei und den Rettungskräften zeigen und hat sich deswegen hier unten im Kino versteckt.« Justus beugte sich hinab und betrachtete den Totenschädel genauer. »Wie ich es mir gedacht habe. Da geht ein Riss durch die Schädelplatte. Und hier: große, dunkle Flecken auf dem Umhang. Der Verkünder hatte wohl eine ziemlich schwere Kopfverletzung. Wahrscheinlich hat er dadurch so viel Blut verloren, dass er hier im Kino starb.«

Auch Bob trat nun zu seinen Freunden. »Seht mal.« Er hatte etwas zwischen den Knochen entdeckt. »Da ist ein Ring!«

Auf dem silbernen Schmuckstück war ein großes C in einem

Kreis zu sehen, auf dem eine Krone saß. Darunter kreuzten sich ein Schraubenschlüssel und ein Schwert. »Das sieht genauso aus wie das Wappen auf dem Eingangstor der Villa Coldwell. Kein Zweifel! Das ist das Familiensiegel der Coldwells!«

Justus nahm den Ring und betrachtete ihn näher. »Mr Coldwell … ›so ein netter Gentleman‹«, murmelte er.

»Bitte was?«, fragte Bob.

Auch Peter wunderte sich: »Geht es dir gut, Erster? Hast du gerade mit dem Toten gesprochen?«

»Keine Sorge, ich bin noch Herr meiner Sinne. Ich zitiere nur Pauline Livingston. In dem Brief an ihre Schwester schrieb sie doch, dass Steve Coldwell – der Bruder von Lucindas Verlobtem Rick Coldwell – so ein netter Gentleman sei, mit dem sie bald ins Kino gehen wolle. Und das hier ist Steve Coldwell, sein Name ist innen in den Ring eingraviert.« Justus zeigte seinen Freunden das Schmuckstück.

Bob überlegte. »Wenn das Steve Coldwell ist und er hier in der Verkünderverkleidung saß … dann bedeutet das doch, dass er hinter dem Einsturz der Paradise Station steckte. Und das passt ja auch! Wie Morton uns erzählt hat, war die Familie im Besitz der Autofirma Coldwell. Es könnte ein mögliches Motiv sein, dass sie ihren Konkurrenten Livingston aufhalten wollten. Sie befürchteten, dass sich niemand mehr für ihre Autos interessieren würde, wenn alle mit der Bahn fahren können.«

»Das ist eine sehr logische Schlussfolgerung!« Justus untersuchte die Sitzplätze rings um die Leiche. »Vermutlich war dann auch Steves Bruder Rick mit von der Partie. Und ich schätze mal, Lucinda war ebenfalls eingeweiht. Wie wir durch das Familienfoto und den zerknüllten Brief von Pauline erfahren haben, war sie die ungeliebte Tochter und wollte sich möglicherweise auf diese Art an ihrem Vater rächen.«
Bob kramte sein Handy erneut hervor. »Erinnert ihr euch an die zwei Kinokarten, die wir im Karton für Samuel Knight in dem geheimen Büro von Pauline gefunden haben? Die sind ein weiterer Hinweis. Steve Coldwell hatte Pauline ja gefragt, ob sie mit ihm ins Kino gehen möchte.«
Justus nickte. »Und das erklärt auch diesen völlig vertrockneten Strauß Vergissmeinnicht-Blumen, der auf dem Sitz daneben liegt. Pauline muss nach dem Unglück noch einmal hier unten gewesen sein. Vielleicht aus nostalgischen Gründen, vielleicht um nach ihrem verschütteten Vater zu suchen. Dabei betrat sie auch dieses Kino und fand den Toten. Sie erkannte, dass sich hinter der Maske des Verkünders niemand anderes als ihr vermeintlicher Verehrer verbarg.«
»Was für eine Enttäuschung für sie!« Peter sah auf das Skelett. »Steve Coldwell hat sie nach Strich und Faden belogen. Er hat als Verkünder großes Unheil angerichtet und das Lebenswerk der gesamten Familie zerstört. Und schließlich dabei seinen eigenen Tod verursacht. Da er Pauline nur benutzt hat, um

an Informationen über seinen Konkurrenten Livingston zu gelangen, hat sie ihn einfach hier unten gelassen. Mit einem letzten Blumengruß.«

Bob führte die Gedanken fort: »Der Polizei hat sie jedenfalls nichts gesagt. Vielleicht wollte sie ihre Schwester nicht belasten, weil sie ihrer verstorbenen Mutter ja geschworen hatte, dass sie als Familie immer zusammenhalten würden. Irgendwann hielt sie wohl die Schuldgefühle nicht mehr aus und schrieb den Brief an Samuel Knight. Danach zog sie nach Frankreich. Sie wurde erst nach ihrem Tod wieder nach Pasadena gebracht und in der Grabstätte der Livingstons bestattet. Samuel Knight hat damals trotz ihres Briefes keine Nachforschungen mehr angestellt, weil er ja dachte, mit Clifford Miller wäre der Schuldige bereits gefunden und weggesperrt worden. Zum Glück haben wir nach unserer Fahrt mit diesem Höllenzug durch die Paradise Station und durch unsere anschließenden Recherchen Paulines Brief bekommen. Und so konnten wir letztendlich dieses hundert Jahre alte Rätsel lösen und das traurige Geheimnis lüften.«

Justus blickte sich unschlüssig um. »Es sieht alles danach aus, als hätten wir die wahren Täter von damals gefunden. Aber was ist mit dem heutigen Verkünder? Wir müssen ihn unbedingt aufhalten, bevor noch jemand zu Schaden kommt! Wahrscheinlich ist er kurz davor, den nächsten Einsturz in die Wege zu leiten!« Der Erste Detektiv knetete seine Unterlippe.

»Ich frage mich nur, wo! Bob, lass uns noch mal die Aufzeichnungen von Stonebridge anschauen. Seine Assistentin hat doch auf einer Karte die Erdrutsche eingetragen.«
Bob nahm die Karte hervor, die sie in Stonebridges Büro kopiert hatten, und ergänzte noch mit zwei roten Kreuzen die letzten beiden Einsturzstellen der Videos 5 und 6. »Hmmm, lasst uns mal sehen …« Plötzlich fuhr er hoch. »Wartet!« Er holte das Plakat der Paradise Station hervor und betrachtete den Teil mit Livingstons Vision des Streckennetzes. Konzentriert blickte er dann von einer Karte zur anderen und nickte schließlich.

Rätsel 14 – In die Karten geschaut

Was hat Bob mit den Karten vor? Hilf den drei Detektiven, das nächste Ziel des Finsteren Verkünders zu finden!

Es ratterte, als Egon losfuhr. Schnell sprangen die beiden Detektive aus der U-Bahn. Sie nahm Fahrt auf und raste auf Hans Dampf zu.

»Peeeeter! Vorsicht!«, riefen Justus und Bob.

Einige Sekunden später knallte es.

Der U-Bahn-Wagen rammte die Flanke des Baggers und riss ihn herum. Hans Dampf kippte langsam auf eine Seite und fiel schließlich krachend zu Boden. Nun lag er dort, seine Ketten drehten sich hilflos in der Luft. Lediglich der Arm mit der Schaufel ragte wie zu einer Drohung erhoben in die Höhe.

»Wir haben ihn erwischt!«, jubelte Justus und lief auf die Dampfmaschine zu. »Jetzt müssen wir Mrs Turner an der Flucht hindern.«

Stonebridges Assistentin richtete sich gerade mühsam in der quer liegenden Fahrerkabine auf. Zornig blickte sie den Ersten Detektiv an, der sich ein Grinsen nicht verkneifen konnte. Doch dann zog Mrs Turner an einem Hebel. Justus' Gesichtsausdruck änderte sich schlagartig, als er begriff, was nun passieren würde. Der schwere Arm des Baggers fiel mit der Schaufel voran nach vorne, direkt dorthin, wo der Erste Detektiv stand.

Justus sprang noch instinktiv hinter eine Bank. Aber das reichte nicht. Der Baggerarm krachte herunter. Mit voller Wucht zertrümmerte er die Bank und alles, was sie umgab. Holzsplitter flogen umher und Staub wirbelte auf.

»Juuuustus!«, brüllten Peter und Bob. Panisch rannten sie zum Ort des Geschehens.
Peter war den Tränen nahe. »Ausgeschlossen, dass Justus das überlebt hat. Unser Erster ist wahrscheinlich …«
»Keine vorschnellen Schlüsse ziehen, Zweiter! Ich hab zwar bestimmt ein paar blaue Flecken abbekommen, aber sonst geht es mir gut«, tönte eine dumpfe Stimme unter den Trümmern hervor. Es war der Erste Detektiv. »Ein Stückchen hinter der Bank war ein Gullydeckel aus Holz. Durch mein stolzes Gewicht ist das morsche Ding durchgebrochen und ich fiel in diesen Abflusstunnel. Wärt ihr so freundlich, mir rauszuhelfen?«
Bob und Peter lachten erleichtert. In Windeseile räumten sie die Reste der Bank weg, die auf die Öffnung gefallen waren.
Justus grinste, als sie ihn aus der Grube zogen. »Aber schön zu wissen, dass du mich vermissen würdest, Peter!«
Mr Stonebridge zog währenddessen seine Assistentin, die keine Gegenwehr mehr bot, aus der ramponierten Fahrerkabine heraus und fesselte ihr die Hände auf dem Rücken. »Sehr gut gemacht, Jungs!«, rief er.
»Endlich haben wir auch diesen Fall gelöst«, freute sich Peter.
Da knackte es hinter ihnen. Alle drehten sich um. Und dann geschah es: Die Säule, die den Rückweg zum Fahrstuhl abstützte, gab nach und der komplette Gang dahinter fiel krachend in sich zusammen.
Mit einem Mal war alle Hoffnung aus Peters Gesicht ver-

schwunden. »Jetzt kommen wir hier nie wieder raus«, flüsterte er tonlos.
»Das werden wir sehen.« Bob kramte erneut den Plan aus dem Automaten hervor. »Laut der Karte war hier hinten mal ein Notausgang geplant, vielleicht haben wir Glück und er wurde tatsächlich gebaut. Folgt mir einfach!«
Bob und Justus gingen voran. Peter und Stonebridge liefen einige Meter dahinter mit den drei Gefangenen, die widerwillig folgten. Nur der Hund schien gut gelaunt und trabte hechelnd neben der Gruppe her.
»Hier müsste es sein, aber hier ist nichts«, stellte Bob ernüchtert fest, als sie die Stelle nach einer Weile erreicht hatten. Er ließ mutlos die Schultern sinken, als Emiliano anfing, zu bellen. Der Hund stand vor einem Metallgitter.
»Dahinter muss ein Schacht sein«, kombinierte Peter. »Ich glaube, ich spüre einen frischen Luftzug.«
Mit vereinten Kräften rissen sie das Gitter aus der Verankerung. Der Schacht war hoch genug, dass man gerade so hindurchlaufen konnte. Nacheinander kletterten sie durch die Öffnung. Und schon kurz darauf marschierten sie den schmalen Gang entlang. Emiliano drängte sich an allen vorbei ganz nach vorn, Crystal Coldwell schimpfte über die Beule, die der Kuchen auf ihrem Kopf hinterlassen hatte, Ashton und Mrs Turner trotteten schweigend hinterher.

Die Morgensonne blendete Justus, der sich als Erster durch Gestrüpp den Weg aus dem Tunnel bahnte. Er kniff die Augen zusammen. Vögel zwitscherten und eine frische Brise wehte. »Hey, Moment mal, hier riecht es ja nach …«
»Das darf doch nicht wahr sein!«, hörten sie eine verärgerte Stimme. »Ihr schon wieder!« Es war Willybob. Sie waren tatsächlich bei der Farm der Mistgabelzwillinge herausgekommen. Und die beiden Männer schienen ganz und gar nicht erfreut zu sein, die drei ??? wiederzusehen – im Gegensatz zu dem kleinen Ferkelchen, das grunzend auf Peter losstürmte.
»Hey, Billybob, sieh mal, wer uns hier wieder einen Besuch abstattet«, quäkte Willybob.
Billybob rümpfte die Nase. »Unsere drei Mistkäfer! Und wer sind die anderen? Habt ihr Freunde aus der Stadt mitgebracht?«
»Das sind unsere Gefangenen«, erklärte Justus. »Darf ich vorstellen: Diese Dame und ihr Sohn stecken hinter dem Finsteren Verkünder, der in den letzten Wochen sein Unwesen in Pasadena getrieben hat.«
»Dass ich nicht lachte, ich bin eine ehrenwerte Geschäftsfrau!«, empörte sich Crystal Coldwell.
»Halten Sie doch den Mund«, beschwerte sich Mrs Turner. »Eine ehrenwerte Geschäftsfrau ist das Allerletzte, was Sie sind. Zum Glück sind Ihre kriminellen Pläne gescheitert.«
»Immerhin steht mein Haus noch!« Crystal lächelte süffisant.
»Wer weiß, wie lange …!«, zischte Mrs Turner zurück.

Die Mistgabelzwillinge beobachteten den Streit irritiert.
Justus mischte sich jedoch ein: »Meine Damen, beruhigen Sie sich. Im Gefängnis können Sie genug diskutieren. Ich rufe nun Inspektor Cotta an. Seine Kollegen aus Pasadena werden sich freuen, wenn er ihnen unsere Sammlung an Täterinnen und Tätern präsentieren kann. Außerdem verständige ich die Radio- und Fernsehstationen, damit sie unverzüglich diesen Verkünderschwindel aufklären.«
Da bemerkte Billybob etwas an Crystal Coldwells Hals. »Was haben Sie da für eine Kette mit dem Löwenkopfanhäger aus Gold? Die gleiche hat Opa Jimbob auch!«
»Ein wertvolles Familienerbstück, junger Mann …« Crystal Coldwell hielt kurz inne. »Also, ich meine, ein erheblich wertvolles Schmuckstück.«
Der Erste Detektiv hatte die Szene beobachtet. »Interessant«, murmelte er und blickte zuerst auf Crystals Halskette und dann zu Billybob. »Sir, darf ich fragen, wie der Nachname Ihres Großvaters lautet?«
»Wir heißen alle Livingston mit Nachnamen. Wieso?«
Justus nickte. »Kann es sein, dass Ihr Urgroßvater den Vornamen Lionel trug?«
»Woher weißt du das?« Billybob zog die Augenbrauen zusammen. »Ja, Lionel Livingston, so hieß unser Uropa Lio. Grandpa hat ihn hinter der Farm beerdigt. Er wurde über neunzig Jahre alt.«

»Das bedeutet, Mr. Livingston wurde nicht unter den Trümmern seiner Paradise Station verschüttet. Er überlebte und verbarg sich offenbar für den Rest seines Lebens an diesem abgeschiedenen Ort. Er schuf sich ein neues Paradies und bekam sogar weitere Kinder. Eine harte Entscheidung, vor allem seinen Töchtern gegenüber. Vielleicht wollte er dem öffentlichen Druck in Pasadena nach dem Unglück entgehen. Aber das können wir nur vermuten«, schloss Justus.
Mrs Coldwells Blick entgleiste. »Das kann nicht sein! Diese … diese ungehobelten Kerle sollen mit mir … verwandt sein?«
»Ja, die beiden sind Ihre Großcousins!« Bob grinste und wandte sich an die Zwillinge. »Vermutlich werden Sie demnächst von einem Notar und dem Gemeindeamt von Pasadena Ihren rechtmäßigen Anteil am Erbe überschrieben bekommen.«
»Was genau ist das für ein Erbe?«, wollte Billybob wissen.
»Nun ja, einiges von dem, was bisher dieser netten Dame da gehört hat«, erklärte Peter.
Die Mistgabelzwillinge lachten zufrieden und für einen Moment hatte Peter den Eindruck, als würde sich der Waschbär auf Willybobs Kopf ebenfalls freuen.

12. Kapitel – Eine leckere Verkündung

Am nächsten Tag lief im Lokalfernsehen eine Sendung über den sogenannten Verkünderschwindel. Gemeinsam saßen die drei ??? mit Tante Mathilda in der Küche und verfolgten aufmerksam die Berichterstattung.

»Jetzt kommt gleich die Stelle, wo ich auftrete!«, rief Mathilda Jonas aufgeregt.

Schon erschien Justus' Tante in Nahaufname auf dem Bildschirm und begann zu sprechen. »Diese Sache mit dem Verkünder war ein ganz großer Blödsinn. Und ich habe gedacht, das stimmt wirklich, weil mir eine gute Freundin eines seiner Videos geschickt hatte und er die Einstürze vorhersagen konnte. Aber das war eine frei erfundene Kampagne, um gutgläubige Menschen auszunutzen. Der Finstere Verkünder war nur ein hinterlistiger Schwindler. Ein richtiger Verbrecher!«

Kurz darauf endete der Bericht und Justus schaltete den Fernseher ab. Sie setzten sich zusammen auf die Veranda, die von der Abendsonne in ein warmes Licht getaucht wurde. Tante Mathilda stellte einen großen Teller mit Kirschkuchen und eine Kanne frischen Eistee auf den Tisch und wandte sich ihrem Neffen zu. »Ich muss mich bei dir entschuldigen, Justus, ich habe mich wirklich von diesen merkwürdigen Videos an der Nase herumführen lassen.«

»Und mir tut es leid, dass ich dich vor den Kopf gestoßen habe.«

Justus lächelte seine Tante an. »Nun hat sich ja alles geklärt. Und du hast das im Fernsehen sehr gut rübergebracht.« Der Erste Detektiv dachte kurz nach. »Ich habe übrigens vorhin noch mit Inspektor Cotta telefoniert. Wie es aussieht, wandert Crystal Coldwell sicher einige Jahre ins Gefängnis, ihr Sohn und Mrs Turner ebenso.«

Bob musste grinsen. »Das alte Sprichwort stimmt: Wer anderen eine Grube gräbt, fällt selbst hinein. In diesem Falle war es eine Goldgrube.«

Peter verschluckte sich vor Lachen fast an seinem Kuchen.

Justus klopfte seinem Freund auf den Rücken. Als der wieder aufhörte zu husten, nahm der Erste Detektiv ebenfalls ein Stück Kirschkuchen und schaute seine Tante begeistert an. »Danke, Tante Mathilda, für diesen paradiesischen Kuchen.«

»Ich will auch ein Stück!«, forderte Bob.

Da hielt Justus sich eine Serviette vor den Mund, ganz in der Art, wie der Verkünder seine Maske getragen hatte. »Kollegen«, sagte er mit verstellter Stimme. »Ich verkünde, dass das Kuchentablett gleich leer sein wird …«

»Das war jetzt aber eine leckere Verkündung!«, ergänzte Peter.

Und siehe da, als die Sonne unterging, war die Prophezeiung des Ersten Detektivs der drei ??? tatsächlich eingetreten.

2
CENT

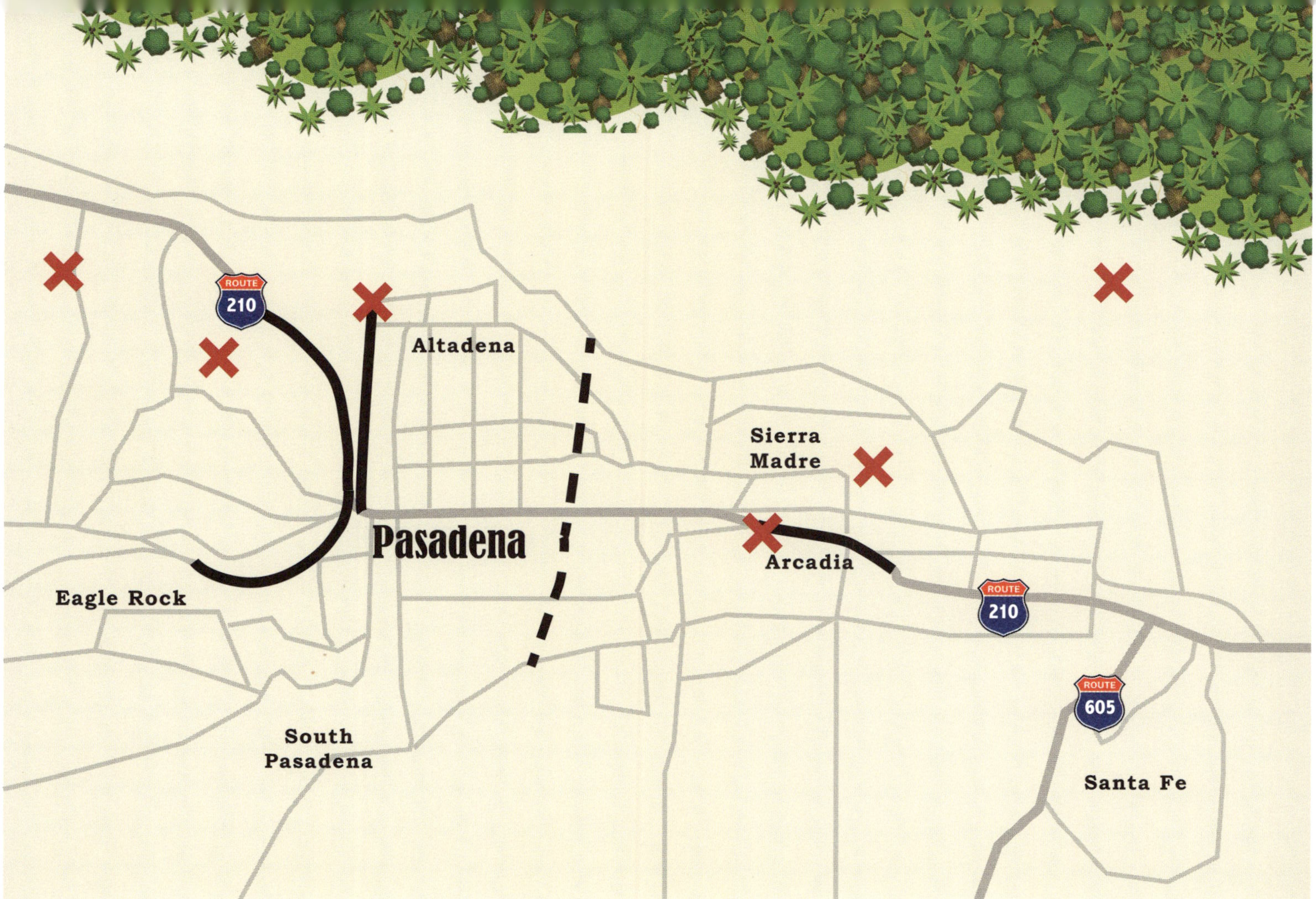
ROUTE
210
Altadena
Sierra
Madre
Pasadena
Arcadia
ROUTE
210
Eagle Rock
ROUTE
605
South
Pasadena
Santa Fe

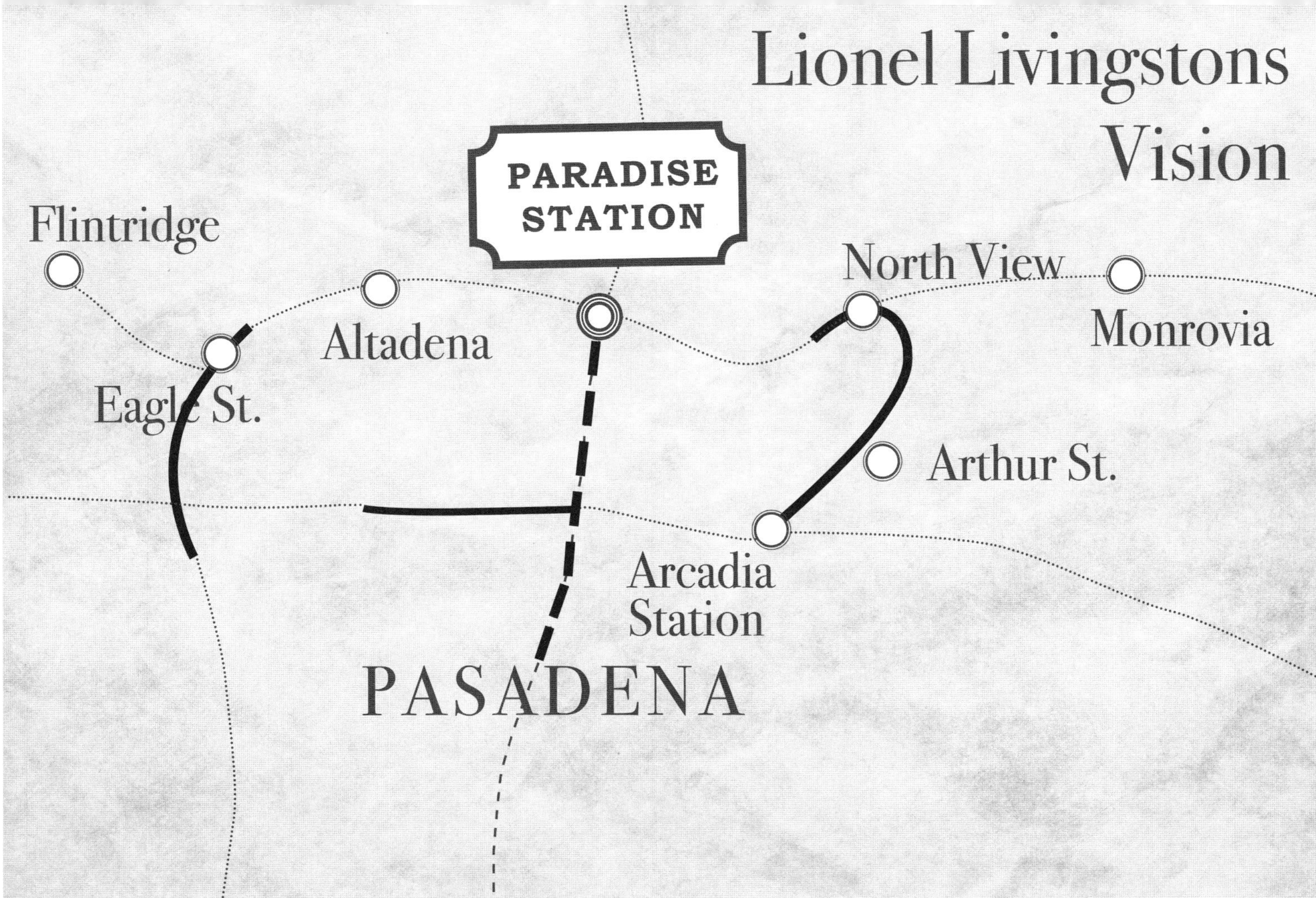

Lionel Livingstons
Vision
PARADISE
STATION
Flintridge
Altadena
Eagle St.
North View
Monrovia
Arthur St.
Arcadia
Station
PASADENA

Bobs Archiv

Hier kannst du deine Lösung überprüfen. Ist deine Lösungszahl falsch oder nicht aufgelistet, schaue dir das Rätsel noch einmal genauer an.

000: Leider falsch. Versuche es weiter!
001: Hmmm, meinst du wirklich, Tante Mathilda hat einfach die Vorwahl einer dubiosen Wahrsagerin als PIN-Code verwendet?
006: Das ist leider falsch.
009: Die Sterne lügen zwar nicht, aber schau noch mal genauer.
011: Diese Zahl ist falsch, versuche es noch mal.
017: Du musst nichts addieren, vergiss das nicht.
022: Das ist leider falsch.
042: Perfekt! Genauso hat Bob die Karten übereinandergelegt. Lies weiter auf Seite 70.
1: Diese Zahl ist falsch, versuche es noch mal.
3: Aller guten Dinge sind drei? Das ist leider nicht die gesuchte Lösung. Versuche etwas anderes.
4: Leider falsch.
7: Die Antwort ist leider nicht richtig.
9: Kühlschrankmagneten sind toll, nicht wahr? Und Kühe auch! Leider ist das aber nicht die Lösung.
21: Das ist leider nicht die gesuchte Lösung.
30: Leider falsch.
32: Das ist leider nicht richtig.
50: Dies ist leider nur Teil eines Rabattcodes und hilft hier nicht weiter. Probiere es noch mal.

66: Diese Zahl ist leider falsch, versuche es noch mal.
75: Leider nein.
89: Das ist leider falsch.
91,9: Mit Jazz-Musik können wir gerade nichts anfangen, das ist leider falsch.
92,5: Radio One – sicherlich irgendwo die Nummer eins, hier aber die falsche Antwort.
93: Leider falsch.
95,7: Für das Kulturprogramm habt ihr jetzt keine Zeit! Falsche Antwort.
96: Diese Zahl ist falsch, versuche es noch mal.
98: Nein, das ist nicht richtig.
99,9: Laute Musik dröhnt aus dem Radio. Was für ein höllischer Lärm! Aber, du möchtest doch lieber die Nachrichten hören. Suche weiter nach dem richtigen Sender!
100: Das ist leider nicht richtig.
101,7: Richtig! Hier gibt es die neuesten Nachrichten aus Pasadena! Lies weiter auf Seite 98.
102: Leider nein.
103,1: Yeah, check den Beat! Äh, besser gesagt: das Rätsel noch mal neu! Die Antwort ist nämlich falsch.
103,3: Leider falsch.
104: Falsch, versuche es noch mal.
104,5: Noch haben wir hier in Pasadena zu tun. Such weiter!
105: Leider ist das nicht die richtige Lösung.
106,9: Leider falsch.
107,9: Nicht dein Ernst, oder? Den Sender will hier niemand hören!
108: Versuche es noch mal, diese Zahl ist leider falsch.
200: Leider nein.
204: Diese Zahl ist falsch.

205: Super kombiniert, du Rechengenie! Tante Mathilda tippt den Code in ihr Handy. Er ist richtig! Lies weiter auf Seite 12.
210: Leider falsch.
220: Nicht richtig, versuche es noch mal.
289: Leider falsch.
297: Diese Zahl ist leider falsch.
300: Auch diese Zahl stimmt leider nicht, versuche es gerne noch mal.
320: Knapp daneben ist auch vorbei, versuche es noch mal.
321: Richtig! Vergiss nicht weiterzublättern auf Seite 58.
322: Leider wieder mal knapp daneben.
330: Gute Idee! Aber wir suchen eine andere Lösung.
412: Leider nein.
429: Tuut, tuut. Richtig, du kannst weiterlesen auf Seite 112.
444: Das ist leider falsch.
447: Die Antwort ist leider nicht richtig.
475: Auch leider nicht richtig, bitte noch mal versuchen.
480: Versuch mal eine andere Zahl, diese ist falsch.
499: Nicht richtig.
500: Leider zu 100 % falsch. Versuche es weiter!
503: Leider nein.
521: Eine schöne Zahl. Aber leider nicht richtig.
550: Diese Zahl ist falsch, versuche es noch mal.
606: Noch nicht richtig, probiere es noch mal.
609: Fast, aber du hast den Punkt noch nicht getroffen. Rechne noch mal nach!
721: Falsch, diese Zahl stimmt leider nicht.
777: Eine schöne Zahl. Aber leider nicht richtig.
778: Leider nein.
839: Die Zahl stimmt. Blättere weiter zu Seite 18.

841: Das ist leider falsch.
898: Leider nicht richtig.
911: Das ist nicht die gesuchte Lösung. Versuch es noch mal!
932: Das ist leider falsch.
954: Alter Falter! Das stimmt! Lies weiter auf Seite 88.
1000: Diese Zahl ist falsch, versuche es noch mal.
1017: Noch nicht ganz, das Komma gehört auch noch dazu.
1103: Eine schöne Zahl. Aber leider nicht richtig.
1111: Nein, das Ding ist schon seit vielen Jahren kaputt.
1673: Da stimmt etwas noch nicht.
1705: Eine schöne Zahl. Aber leider falsch.
1812: Das ist leider nicht richtig.
2304: Eine schöne Zahl. Aber leider falsch.
2734: Nein, das ist nicht richtig.
2812: Eine schöne Zahl. Aber leider nicht richtig.
3162: Leider falsch.
3456: Leider nein.
4369: Der Fenstergriff ist abgebrochen. Suche weiter.
4444: Das ist leider falsch.
4788: Na, zum Glück hast du den Weg gefunden! Ihr entkommt gerade noch so den Mistgabelzwillingen. Lies weiter auf Seite 42.
4789: Diese Lösung ist leider nicht richtig. Versuche es noch mal.
4884: Leider nein, immer genau einen daneben.
4982: Bitte noch mal versuchen, diese Zahl ist falsch.
5000: Leider falsch. Versuche es weiter!
5009: Nicht richtig. Versuche es weiter.
5111: Falsch, diese Zahl stimmt leider nicht.
5123: Falsch. Die Stange ist kaputt und taugt nur noch für den Schrottplatz.

5236: Das ist leider falsch.
5369: Zu viel Fußball geguckt? Das ist leider falsch.
5501: Klimper, klimper … das hört sich gut an! Lies weiter auf Seite 128.
5545: Stimmt noch nicht, da fehlt noch was.
5713: Die Walzen drehen sich in die richtige Richtung. Du darfst auf Seite 52 weiterlesen.
5821: Leider falsch.
5822: Leider nicht richtig.
6121: Das ist leider falsch.
6472: Dir geht ein Licht auf, lies weiter auf Seite 90.
6499: Falsch, diese Zahl stimmt leider nicht.
6551: Leider ist das nicht die gesuchte Lösung.
6589: Peter rutscht ab und holt sich einen Splitter. Schnell, er braucht was anderes zum Festhalten!
6611: Das ist leider falsch.
6791: Das ist leider nicht richtig.
7121: Leider nein.
7981: Die Lehne ist stabil und gibt Peter Halt. Richtig, du darfst auf Seite 118 weiterlesen!
7982: Versuche es noch mal, diese Zahl ist leider falsch.
7992: Der Griff reißt ab und Peter fällt durch den Waggon. Schnell! Suche ihm etwas, woran er sich festhalten kann!
8182: Falsch, diese Zahl stimmt leider nicht.
8442: So kommt das Papier leider nicht raus.
8632: So ein Griff ist an sich das Richtige. Aber dieser ist kaputt!
9016: Nein, das ist nicht richtig.
9111: Leider falsch.
9376: Der Riemen ist schon alt und vertrocknet. Er reißt wie ein Stück Pappe. Such etwas anderes für Peter!

10901: Wilshire. Ein schöner Ort. Aber nicht die gesuchte Lösung.
14918: Das ist der falsche Brief.
15823: Das ist leider nicht die gesuchte Lösung.
17645: Super! Unter dieser Adresse bist du richtig. Lies weiter auf Seite 28!
21223: Das ist leider falsch.
34221: Das ist leider der falsche Brief.
36129: Da hast du wohl einen Heuballen übersehen. Hier geht es nicht durch.
50512: Das ist leider falsch.
55755: Nein, das ist nicht richtig.
60125: Genial! Genau so funktioniert es! Peter hatte es ja schon geahnt! Die Visitenkarte der drei ??? war nun doch zu etwas nütze. Lies weiter auf Seite 138.
100517: Schau noch mal, die Zahl ist nicht korrekt.
111542: Nein, das ist nicht der richtige Brief.
121519: Das ist der falsche Brief.
131677: Leider nein.
141822: Das ist leider nicht die gesuchte Lösung.
210605: Leider falsch.
554510: Super! Da hast du den richtigen Weg gefunden! Du darfst auf Seite 120 weiterlesen!
415659322: Nein, das ist nicht richtig.
001415659322: Willst du, dass wir dir die Zukunft vorhersagen? Na gut: Du wirst gleich wieder zurückblättern, um dir das Rätsel noch einmal anzusehen! Denn die Lösung ist falsch.

Rätsel 1 (S. 11)

Tipp 1

Tipp 2

Lösung

Rätsel 2 (S. 119)

Tipp 1

Tipp 2

Lösung

Rätsel 3 (S. 97)

Tipp 1

Tipp 2

Lösung

Rätsel 4 (S. 51)

Tipp 1

Tipp 2

Lösung

Rätsel 5 (S. 17)

Tipp 1

Tipp 2

Lösung

Rätsel 6 (S. 111)

Tipp 1

Wenn man das Papier rauszieht, geraten die Walzen ins Rollen.

Tipp 2

Beachte die Zahlen auf den Walzen! Sie drehen sich jeweils siebenmal weiter.

Tipp 3

Die oberen Räder drehen sich gegen den Uhrzeigersinn, die unteren mit ihm.

Lösung

Die erste Walze dreht sich von der 8 über 9, 0, 1, 2, 3 und 4 bis zur 5. Die zweite Walze dreht sich von der 4 über 3, 2, 1, 0, 9 und 8 bis zur 7. Die dritte dreht sich von der 4 zur 1 und die vierte von der 2 zur 3. Das ergibt die Zahl 5713.

Rätsel 7 (S. 57)

Tipp 1

Schau dir das Buch ganz genau an! Irgendwo findest du einen Bahnübergang …

Tipp 2

Klapp mal die Klappen vom Buch wie Flügel auf.

Tipp 3

Suche den richtigen Weg. Achte auf die Verkehrsschilder, wenn du fährst!

Lösung

Wenn du alle Zahlen der Schilder auf dem richtigen Weg aneinanderreihst, erhältst du die Zahl 554510.

Rätsel 8 (S. 126)

Tipp 1

Vergleiche die Adressen mit der Todesanzeige von Lionel Livingston auf Seite 45.

Tipp 2

Welche Zahlen findest du auf dem Umschlag mit Paulines Handschrift?

Lösung

Auf dem Poststempel des Briefes, den Pauline geschrieben hat, steht die Zahl 17645.

Rätsel 9 (S. 41)

Tipp 1

Schneide den Zettel aus und sieh ihn dir genau an!

Tipp 2

Wozu könnten die Knicke gut sein? Genau, zum Falten – mal so rum, mal so rum …

Lösung

Falte den Zettel sorgfältig an den Knicken. Dann wird die Lösungszahl 954 sichtbar.

Rätsel 10 (S. 89)

Tipp 1

Schau dir mal das gesamte Buch an! Irgendwo müsstest du Eisenbahnwaggons finden.

Tipp 2

Setze die Waggons auf die Gleise. Das Rätselgedicht verrät dir, welcher Waggon wo zum Stehen kommt.

Tipp 3

Klappe die »Füßchen« der Waggons in die richtige Richtung und achte auf die roten Punkte.

Lösung

Der orangefarbene Waggon bleibt vor der Mine stehen, der blaue an der Farm und die Lok im Bahnhof. Roten Punkt an roten Punkt anlegen – so erhältst du die Lösungszahl 429.

Rätsel 11 (S. 117)

Tipp 1

Nimm das Foto und den Artikel zu Hilfe und schau in den Text.

Tipp 2

Zähle die gesuchten Buchstaben im Lösungswort.

Lösung

Das Lösungswort ist Vergissmeinnicht. Wenn du die Buchstaben I, N und H im Lösungswort zählst, erhältst du die Zahl 322.

Rätsel 12 (S. 69)

Tipp 1

[illegible]

Tipp 2

[illegible]

Tipp 3

[illegible]

Lösung

[illegible]

Rätsel 13 (S. 27)

Tipp 1

[illegible]

Tipp 2

[illegible]

Lösung

[illegible]

Rätsel 14 (S. 137)

Tipp 1

[illegible]

Tipp 2

[illegible]

Lösung

[illegible]

Rätsel 15 (S. 87)

Tipp 1

[illegible]

Tipp 2

[illegible]

Lösung

[illegible]